Hans Pasch

Der Attaché

Hans Pasch

Der Attaché

Eine österreichisch-ungarische Novelle

Amalthea

Schutzumschlag: Wolf Bachmann, München
Satz: Fotosatz Völkl, Germering bei München
Druck und Binden: Wiener Verlag, Himberg bei Wien
Printed in Austria 1986
ISBN 3-85002-216-1

Der Mann las den Brief nochmals durch.

»Erzsi,
ich schreibe Dir einen Brief von der Melancholie des Herbstes, obwohl der Sommer noch über die Fluren zittert. (Fluren ist ein poetischer Ausdruck für Felder.)
Die Schwalben sind dieser Tage fortgeflogen, ein paar Nachzügler sammeln sich auf dem Kirchendach. Es ist eigentlich nichts Trauriges um den Abflug der Schwalben, sie haben es dort, wohin sie fliegen, vermutlich besser.
Rossatz ist ein kleines Dorf an der Donau, heisere Hähne verkrähen den Tag, und von meinem Fenster aus sehe ich den Strom.
Das Dorf würde Dir gefallen; die Kinder laufen mir schon nach, ein bißchen wegen der Schokolade, die ich freigebig verschenke, ein bißchen aus Sympathie. Die Buben zeigen mir phantastische Dinge aus ihrer kargen Welt: Galläpfel, einen zerrissenen Fahrradschlauch und das Fell einer einäugigen Katze, die von

einem Auto überfahren wurde. Manchmal treffen wir uns bei den drei Ameisenhaufen vor dem Dorf und zünden ein Lagerfeuer an, um Kartoffeln zu braten. Andi meint, ich sollte ganz hierbleiben, er würde mir sein Zimmer abtreten, er könnte ja auch bei seiner Schwester schlafen ...

Am Dorfplatz stehen ein paar alte Giebelhäuser; eines davon erinnert mich an das Haus des Jancsi-Bacsi in Piliscsabavölgy. Weinlaub bedeckt die Mauern bis übers Dach, und hinter den offenen Fenstern bewegen sich friedlich-sanfte Vorhänge.

Gestern war ich unten am Strom. Es ist dort so still, daß man jeden Zeitbegriff verliert. Vielleicht liegt das auch am Wasser, man könnte glauben, es rinnt von einer Ewigkeit in die andere. Erinnerst Du Dich noch, Du fragtest mich einmal: Was geschieht mit der Zeit, die vergangen ist? Ich antwortete: Ich schenk sie Dir. Heute weiß ich, daß einem nichts gehört, nicht einmal die Zeit.

Vom Ufer aus warf ich Steine in den Fluß, aber sie wollten nicht so recht springen. Im Grunde hat es ja auch wenig Sinn, selbst wenn man noch so geschickt wirft, mit diesem peitschenknallenden Schwung aus der Hüfte, den Du mir beigebracht hast – die Steine versinken doch.

Abends ist es schon ziemlich kühl. Gib acht

auf Deine Gesundheit. Nimmst Du wieder Schlaftabletten? Ich habe die ganze Nacht an Dich gedacht, es hat ununterbrochen geregnet. In solchen Nächten riecht es alkalisch, der Regen schlägt den Rauch der Kartoffelfeuer in die Erde. Heute früh sah die Landschaft verändert aus: Klar, sauber, leergewaschen. Ich glaube, ich möchte doch wieder fort von hier …«

An dieser Stelle brach der Brief ab. Der Mann erhob sich und schlug den Weg in die Auwälder ein. Ich gehe über die Fluren, dachte er. Als er das Flußufer erreicht hatte, setzte er sich auf einen Baumstumpf und zog den Brief aus der Tasche. Nachdenklich zerriß er das Blatt in winzige Stückchen, die er ins Wasser streute. Die Strömung trieb die Papierschnitzel rasch davon.

1

Der Attaché Erich Sternberg schritt, das Kinn leicht angehoben, an der Torwache vorbei in das Innere des Gebäudes. Er trug einen Packen ausländischer Zeitungen unter dem Arm.

Frankreich lag also hinter ihm. »Je m'en fous«, dachte er. Mit der vielgerühmten ›clarté‹ war es nicht so weit her (auch der gallische Hahn sah die Welt nur von der Höhe seines Misthaufens), und die französische Küche machte einen bloß leberleidend. Wer leberleidend war und eine Baskenmütze trug, galt als Patriot. Im Büro herrschte ödeste Langweilerei, die an Agonie grenzte. Die Erledigungen mußten oft zehnmal umgeschrieben werden, ehe sie dem Botschafter, der komplizierte Formulierungen liebte, paßten, aber mit barocken Schnörkeln war der Wirklichkeit, dem Leben oder wie immer man dieses Geflecht aus Sein und Schein nennen wollte, nicht beizukommen. Sternberg hatte mit dem Botschafter verschiedene Auseinandersetzungen gehabt und den kürze-

ren gezogen. Seine Versetzung nach Budapest war so etwas wie eine Strafmission, obwohl es immer hieß, es gebe keine guten und schlechten Posten, aber das war eine fromme Lüge der Personalisten.
»Servus, Gruki!« rief er einem Kollegen zu, der seinen Weg kreuzte. »Warst heuer wieder in Alpl Schi fahren?«
»Aber woher! Seit ich im Kabinett des Ministers bin, komm ich zu gar nichts mehr. Hast du eine Ahnung, was es heißt, einen Wahlkampf mitzumachen?«
»Schrecklich, diese Politiker«, seufzte Sternberg ohne wirkliche Anteilnahme, »aber die Wähler sind ja noch viel ärger!« Dabei ließ er einen goldenen Manschettenknopf aufblitzen, der mit einem (unechten) Wappen versehen war.
»Also, du gehst jetzt nach Budapest?« erkundigte sich der Sekretär halb spöttisch, halb mitleidig. »Schau halt, daß du dich mit dem neuen Chef verträgst. Der Minister war wegen deiner Pariser Geschichten sehr ungehalten.«
»Ich wollte eh schon austreten, aber dann hab ich's mir wieder überlegt: Wir sind das einzige Ministerium, wo man nicht schon vor halb zehn im Büro erwartet wird.«
»Du hast leicht reden! Der Minister sitzt jeden Tag punkt acht Uhr an seinem Schreibtisch.«

»Unsere Außenpolitik schaut auch danach aus! Na, du kannst ja nix dafür. Also meld mich beim Minister an, damit ich ihm meine Aufwartung machen kann. Servus, ich muß jetzt zum Personalchef.«

Der andere sah ihm kopfschüttelnd nach. »Dem Jaro seine Unbekümmertheit möcht ich haben! Aber nur wer sich nicht engagiert, steht über den Dingen.«

Das Büro des Personalchefs lag am Ende des langen, teppichbelegten Ganges. An den Wänden hingen Porträts von Zöglingen der k.u.k. Konsularakademie. Erich Sternberg versuchte, sich sein eigenes Gesicht über dem steifen Uniformkragen vorzustellen, was ihm recht gut gelang. Schade, dachte er, daß es keine Diplomatenuniform mehr gibt, aber die Republik hat ja alles Bunte ausgelöscht: Federn, Tschakos und diese überhängenden Epauletten, die breite Schultern und eine schmale Taille machten. Ein Wunder, daß man nicht auch die Trommelponies der Militärmusik abgeschafft hat, die vor der Hofburg, das heißt vor der Präsidentschaftskanzlei, aufziehen, wenn ein Botschafter sein Beglaubigungsschreiben überreicht. Erst die Improvisationen der Trommelponies verleihen dieser Zeremonie ihren unverwechselbaren Reiz.

Die Unterredung mit dem Personalchef verlief in gespannter Atmosphäre. Der Gesandte, dessen Humorlosigkeit selbst seine (wenigen) Freunde zugaben, litt darunter, daß er nicht einer sogenannten alten Familie entstammte. Sein Vater war erst 1918 geadelt worden, allerdings nicht, wie böse Zungen behaupteten, auf dem Kanonenboot Glowworm, das Kaiser Karl nach dem mißglückten Restaurationsversuch in Sicherheit gebracht hatte, sondern einige Monate früher. Der Vater hatte bei der Nobilitierung den Namen Waltersbühel angenommen. Der Gattin des Personalchefs machte dieses Abstammungsdefizit nichts aus. (»Ich bin gegen Abstammung, aber auch gegen Abstimmung!« pflegte sie zu sagen.) Sie war die Tochter eines ungarischen Industriellen, der nach dem Krieg sein Vermögen eingebüßt hatte. Frau (v.) Waltersbühel hatte in die Ehe ein Bündel wertloser Vorzugsaktien der Firma »Ganz & Co.« mitgebracht sowie die Originalitätssucht ihrer Klasse. Man erzählte sich, sie habe einmal den sehr standesbewußten Fürsten E. (»Sein Standesbewußtsein ist verkehrt proportional zu seinem Bewußtseinsstand«) bei einem Empfang auf den verlängerten Rücken geklopft und ausgerufen: »Servus, du Betyar!« (was soviel heißt wie Servus, du Schlingel). »Ich höre, du glaubst nicht, daß ich keinen Büstenhalter trage. Willst du schauen?« Solche Geschichten gab es dutzendweise; meist überwog das Komische den Schuß Erotik. Dennoch hielten viele die Frau des Personalchefs eher für dreist als für witzig. P., ihr Neffe, sagte ganz offen: »Sie ist g'schupft.«

»Die Beschwerden deines Botschafters«, eröffnete der Personalchef das Gespräch, »haben uns bestimmt, dich aus Paris abzuberufen. Du kannst froh sein, daß von der Einleitung eines Disziplinarverfahrens Abstand genommen wird. Wir, das heißt der Herr Bundesminister (hiebei blickte der Personalchef kurz nach oben), wollen dir nochmals eine Chance geben. Wenn du dich in Budapest bewährst, wird unter die Vergangenheit ein Strich gezogen. Ich lege dir dringend nahe, deiner Arbeit unter dem neuen Missionschef mit Fleiß und Gewissenhaftigkeit zu obliegen. Leider geraten diese josefinischen Kardinaltugenden mehr und mehr in Vergessenheit. Halte dich an den Grundsatz, den Metternich seinen Diplomaten einschärfte: ›Jamais trop de zèle – blinder Eifer schadet nur!«

»Aber Metternich sagte auch: ›Tenez bonne table et soignez les femmes!‹« warf Sternberg ein.

»Um Gottes willen!« rief der Gesandte und warf seine Arme in die Luft. »Wir sind doch nicht in der *Lustigen Witwe!* Keine Eskapaden! Vermeide jeglichen Kontakt mit der einheimischen Bevölkerung, insbesondere« – der

Gesandte hustete dreimal kurz und trocken –, »insbesondere mit den Frauen. Und noch etwas: Versuche, so rasch als möglich, die Landessprache zu lernen.«

»Das wird schwierig sein, wenn ich keine Kontakte zur Bevölkerung unterhalten darf!«

»Man kann eine Sprache auch aus Büchern und Zeitungen lernen. Ich selbst studierte bereits vor meiner Versetzung nach New Delhi Hindu, eine ungewöhnliche Sprache. Meine Kenntnisse haben mir dann bei einer Feuersbrunst sehr genützt, da ich der einzige Europäer war, der sich mit der lokalen Feuerwehr verständigen konnte.«

Nach dieser Bemerkung wußte der Personalchef offenbar nichts mehr zu sagen. Sternberg schwieg aus reiner Bosheit. In die peinlich werdende Stille hinein läutete das Telephon. Der Gesandte hob den Hörer ab und schnellte im nächsten Augenblick in die Höhe.

»Meine Ergebenheit, Herr Bundesminister!« Der Personalchef deutete eine Verbeugung an und gab gleichzeitig mit seiner freien Hand wirre Zeichen. »Jawohl, Herr Bundesminister, ich habe den Auftrag zur Erledigung bereits gegeben, der Akt ist beim Schreiben.« Neuerliche, dringliche Gesten in Richtung des Besuchers. »Wie meinen Herr Bundesminister? In Würdigung der Umstände ... ich verstehe ...« Waltersbühel blickte mit schmerzlich verzerrtem Gesicht zu Sternberg hinüber und ließ resigniert die Hand sinken. »Ist zu genehmigen ... in voller Höhe ... selbstverständlich telegraphisch ... Ich bitte zu entschuldigen ... hatte die Weisung mißverstanden ... ein Kommunikationsfehler, lag nicht an mir, ohne Beispielsfolgerungen ... ich meinte: ohne Beispielsfolgerungen ... Jawohl, Herr Bundesminister, meine Ergebenheit, Herr Bundesminister!« – Klick! Das Telephon schnappte ab. Noch mit dem Hörer in der Hand, explodierte der Gesandte.

»Ich bitte, mich bei Gesprächen mit dem Herrn Bundesminister gefälligst allein zu lassen!! Hast du denn meine Handzeichen nicht bemerkt?«

»Ich dachte, es handle sich um Körpersprache ...«

»Lächerlich! Der Herr Bundesminister konnte mich doch gar nicht sehen!«

»Aber die begleitende Gestik verleiht der Stimme größere Überzeugungskraft, erhöhte Verve ...«

»Intellektuelles Geschwätz! Beherzige lieber meine Ratschläge: Landessprache lernen, Kontakte vermeiden, jamais trop de zèle. In einem halben Jahr meldest du dich wieder bei mir, bis dahin möchte ich keine Klagen über dich hören!«

Die Audienz war offensichtlich zu Ende.

Anschließend begab sich Sternberg zum alten Legationsrat Schachinger, einem Freund der Familie.
Schachinger saß im dritten Stock des weitläufigen Gebäudes und hatte eine Tasse Schokolade vor sich stehen.
Als er erfuhr, daß Sternberg nach Budapest versetzt worden sei, drückte er versonnen die Augen zu und begann, die Schönheit der abendlichen Donau zu rühmen, die in Budapest mitten durch die Stadt fließt. – »Die Sonnenuntergänge am Strom sind zauberhaft. Sonst wird allerdings vieles anders sein als zu meiner Zeit. Laß deinen Chef von mir grüßen, er ist ganz traitabel, schreibt, glaube ich, noch immer an seinem Buch über Atatürk. Der Legationsrat Riegler hat kräftige Ellbogen und liegt gut beim Minister; er wird dir die ganze Negerarbeit zuschieben.«
»Und du selbst gehst nicht ins Ausland?«
»Nein, in diesem Zimmer bleibe ich bis zu meiner Pensionierung. Der Staat zahlt mich zwar schlecht, aber dafür habe ich hier die schönste Aussicht der Welt.« – Schachinger wies mit der Hand hinunter auf den Volksgarten, auf das grüne Gewoge der Bäume, die den Theseus-Tempel fast verdeckten, auf die Parade der Rosen, Menschen und Kinderwagen, auf Pallas-Athene schließlich, die vor dem Parlament in der Sonne glänzte, ein Rufzei-

chen der Freiheit. – »Und überhaupt, seit meine Frau tot ist, kann ich mich nicht mehr an neue Gesichter gewöhnen. Wenn mir der Novotny in der Früh meine Akten bringt, möchte ich ihn am liebsten umarmen und sagen: Ich danke Ihnen, mein lieber Novotny, daß Sie gekommen sind. Vergiß nicht«, fuhr Schachinger fort, »daß die Karriere völlig unwichtig ist. Der Novotny war sein Leben lang Amtsdiener und wird es bleiben, aber er ist ein ausgeglichener Mensch. Welches Glück für seine Umgebung! Gestern wollte man den Novotny zum Betriebsrats-Obmann wählen, aber unser Freund hat abgewinkt: Nein, danke, meine Herrschaften, nehmen Sie jemand anderen, ich hab' nicht den Ehrgeiz, alles besser zu wissen als der Dienstgeber!«

»G'scheit! Aber der Novotny selber kann doch mit seiner Arbeit nicht glücklich sein; den ganzen Tag Akten schleppen und Bleistifte spitzen, bestenfalls darf er dir den Kakao servieren!«

Schachinger wurde plötzlich ernst: »Ich wünsch dir, daß du in deinem Beruf so glücklich wirst wie der Novotny. Vielleicht komm ich dich in Budapest einmal besuchen – ein bisserl nachschauen, wie's dir geht.«

»Du bist jederzeit herzlich willkommen, Onkel Romuald.«

Als Riegler das Licht der Welt erblickte, erklärte sein Vater: »Ich hacke ihm den kleinen Finger ab, damit er nicht einzurücken braucht.«
Die Familie entsetzte sich damals maßlos. Riegler blieb – wie nicht anders zu erwarten war – unverstümmelt und mußte Jahre später tatsächlich den größten aller Kriege mitmachen. Der Vater hatte zu diesem Zeitpunkt bereits seinem Leben ein Ende gesetzt. Man fand ihn, von Würmern arg zerfressen, in der Laubhütte eines Weingartens bei Rossatz.
Das stand freilich nicht im Curriculum vitae Rieglers. Es war schließlich auch nicht *sein* Leben. Dieses begann in einer muffigen Erdgeschoßwohnung im Tullnerfeld. Gegessen wurde in der Küche, hinter verschlissenen, aber sauberen Gardinen. Kinderspiele in den Auwäldern, Milben-Ausschläge, Drohgebärden des Vaters. – Später besuchte Riegler das Gymnasium, gab Nachhilfestunden und war in der Bauernorganisation tätig. Er arbeitete lange Nächte hindurch. Mit der Falte über seiner Nasenwurzel grub sich auch eine Verachtung für seine Altersgenossen ein, die nicht in der Organisation tätig waren, sondern Tennis spielten. Es gelang ihm nie, diese Verachtung ganz zu überwinden, obwohl er wußte, daß es

töricht war, Tennis spielenden jungen Männern deswegen böse zu sein.
Ihn selbst erfaßte frühzeitig eine Leidenschaft für das Schachspiel. Infolge seiner außerordentlichen Konzentrationsfähigkeit vermochte er es, Spiele aus dem Gedächtnis zu konzipieren. E 2 – e 4; D b 6 – b 3 usw. Mit Vorliebe erfand er selbst knifflige Probleme.
Das Schachspiel wurde geradezu zum Denkschema seines Lebens. Immer standen einander zwei Parteien gegenüber, von denen – ging es rechtmäßig zu – die Weißen zum Siege geführt werden mußten.
Daß man opfern müsse, um zu gewinnen, war Riegler eine Selbstverständlichkeit. Er bewies diesen Grundsatz schon bei den Knabenspielen, im Kräfte- und Ränkemessen der Gymnasialzeit. Der weiße König war er, Riegler, der den schwarzen Widersacher mattzusetzen hatte.
Ähnlich verhielt es sich auch mit der Bauernorganisation. Er prüfte nicht lange, ob ihre Forderungen berechtigt waren, die Bauern waren die »Weißen«, und das genügte.
Zu einer bedeutungsvollen Zäsur im Leben Rieglers kam es 1938. Die Bauernorganisation wurde aufgelöst, und ihre Führer galten als verfemt. Riegler hielt ihnen die Treue.
Merkwürdigerweise war es ausgerechnet das

Schachspiel, das ihn vor Schwierigkeiten bewahrte. Riegler wurde das Aushängeschild des ansonsten ziemlich unbedeutenden Kreises. Als Gaujugendmeister gelangte er in die Ausscheidungskämpfe und wurde schließlich, kurz vor seiner Einziehung zum Arbeitsdienst, Reichsjugendmeister. Die Mutter las seinen Namen voll Entsetzen im »Völkischen Beobachter«, aber immerhin konnte Riegler die Mittelschule mit der Reifeklausel beenden.

Der Krieg, den ihm der Vater hatte ersparen wollen, verschlug Riegler nach Karelien. Schachspielend ertrug er die weite Einsamkeit des Nordens und die endlosen Winternächte. Schließlich kam er mit Erfrierungen ins Lazarett, man mußte ihm zwar nicht die Finger, aber einige Zehen amputieren. So überstand er den Krieg.

1945 stürzte sich Riegler unverzüglich in das große Abenteuer seiner Generation: Das Studium. In knapp drei Jahren promovierte er an der Universität Wien zum Doktor der Rechte. Die Mutter weinte bei der Promotion und verzieh dem Vater nachträglich alles, auch den Tod im Weingarten.

Schon während der Studentenzeit war Riegler einer im politischen Vorfeld operierenden Studentenverbindung beigetreten. Er tat sich als »Sprecher« hervor, wie es in einer viel spä-

ter erschienenen Biographie einmal heißen sollte.
Ältere Freunde erkannten rasch seine politische Begabung. Riegler nahm wesentlichen Anteil an der Diskussion um die Erarbeitung des Begriffes der »actio catholicorum« (im Gegensatz zur »Actio Catholica«, groß geschrieben und unter der Aufsicht der Bischöfe stehend). Riegler publizierte in einschlägigen Zeitschriften, darunter im kaum gelesenen, aber sozialreformerischen »Hornruf«. Wegen einer scharfen Stellungnahme (manche sprachen von Ausfällen) gegen eine Entschließung der Bischofskonferenz kam es zu Meinungsverschiedenheiten, Riegler wurde für einige Zeit in die Verbannung geschickt, das heißt, man verschaffte ihm ein Stipendium an der Jesuitenuniversität von Kalifornien. Nach seiner Rückkehr legte Riegler eine vielbeachtete Studie über das Green-Valley-Projekt vor und stellte sich – um im Stil der späteren Biographie zu bleiben – der Parteiorganisation zur Verfügung. Es folgten Versammlungen, Reisen in die Provinz und die Gründung einer Agrar-Akademiker-Gruppe, die das Sprungbrett für größere Aufgaben bildete. Unterdes blieb die Feder Rieglers nicht müßig. Seine mit »juventus« gezeichneten Artikel im »Hornruf« erregten oft Widerspruch, trafen aber ins Schwarze.

Der entscheidende Durchbruch, nämlich zum Abgeordnetenmandat, mißglückte. Vorläufig, wie sich später herausstellte. Riegler opferte den falschen Bauern, konnte aber schließlich noch ein Patt erzwingen, so daß man ihm eine Kompensation anbieten mußte: Er kam ins Außenministerium mit dem ausdrücklichen Versprechen, in Bälde einen Auslandsposten zu erhalten. Der Brief des Parteiobmannes, der mit »Lieber Freund!« begann und mit »herzlichen Parteigrüßen« schloß, ließ der Hoffnung auf ein nicht allzu fernes Comeback breiten Spielraum.

Etwa ein halbes Jahr nach Rieglers Eintritt ins Außenministerium wurde ein Posten in Budapest frei. Riegler griff sofort zu, da er seine Chance witterte. Budapest war 250 Kilometer von Wien entfernt; er konnte seine politischen Kontakte in der Bundeshauptstadt aufrechterhalten, verstärkten Einfluß gewinnen und im geeigneten Augenblick wieder in die Politik »einsteigen«. Vielleicht war es sogar möglich, im benachbarten Burgenland eine Hausmacht zu sammeln.

Riegler wurde – weit vor seiner Zeit – zum provisorischen Legationsrat ernannt und, wie es im Versetzungsdekret hieß, der österreichischen Gesandtschaft in Budapest »zur Dienstleistung zugewiesen«.

Erich Sternberg kam mit dem Frühzug in Budapest an. Durch die rußgeschwärzten Glasplatten der Bahnhofshalle stahl sich zaghaft das Morgenlicht. Menschen in Lodenmänteln fielen einander in die Arme, andere hoben rasch ihre Pappkartons auf und strebten den Ausgängen zu.

Riegler begrüßte Sternberg mit den Worten: »Wir erwarten dich schon dringend. Es gibt fürchterlich viel Arbeit. Gehen wir erst einmal frühstücken.«

Im Auto hielt Riegler Distanz, kehrte den Älteren, Ranghöheren hervor. Riegler behauptete, die Donau fließe in die falsche Richtung, er habe lange gebraucht, um sich zurechtzufinden, eigentlich gelinge es ihm noch immer nicht. An allem sei nur die vertrackte Lage des Bahnhofes schuld.

Von Zeit zu Zeit überholte Rieglers Auto gelbe, heftig klingelnde Straßenbahnen, an denen Menschentrauben hingen. Vor einer hoch in den Himmel ragenden, verrosteten Stahlkonstruktion, den Resten der im Krieg zerstörten Elisabethbrücke, bogen sie nach rechts ab. Riegler deutete auf ein rundes Tempelchen: »Auf dem Sockel stand früher eine Statue der Kaiserin Elisabeth. Die Ungarn haben die Kaiserin sehr verehrt, im übrigen ganz zu Unrecht, denn ihr waren die

Ungarn genauso gleichgültig wie jede andere Nation.«
Im Hotel Duna entwickelte Riegler bei Ei und Salami seine Ideen über die politische Berichterstattung.
»Das gegenwärtige System ist völlig verfehlt. Die Missionschefs berichten über das, was passiert ist, statt Trendanalysen zu geben. Unser Generalsekretär hat ganz recht, wenn er sagt: Die Herren Botschafter scheinen zu vergessen, daß auch *ich* die Neue Zürcher Zeitung lese.« Mit einem geschickten Hieb schlug Riegler die Kuppe seines Eies ab. »Ich«, fuhr er fort, »würde die Missionschefs verpflichten, über die politischen Witze in ihrem Empfangsstaat zu berichten. In Budapest kursiert z. B. derzeit folgender Witz: Weißt du, was eine Kuraffe ist? – Nie gehört. – Na, eine neue russische Erfindung, nämlich eine Kreuzung zwischen Kuh und Giraffe. – Und wozu soll das gut sein? – Das Tier wird in Ungarn gefüttert und in Rußland gemolken! – Du verstehst: Die Pointe prangert die wirtschaftliche Ausbeutung des Landes durch die Sowjetunion an.« – Riegler streute Salz und Pfeffer auf sein Ei. – »Ein anderer Witz geht so: Der Feri-Bacsi sagt zu seiner Frau: Der Winter steht vor der Tür! – Woher weißt du das? fragt sie. Hast du Radio Free Europe gehört? – Keine Spur! Aber in den Geschäften sind soeben die Som-

mersandalen eingetroffen. – Na, besser kann man das hiesige Planungsdebakel nicht beschreiben. Gerade wir Diplomaten sollten dem Volk auf das Maul schauen. Was uns fehlt, sind die Kontakte mit den *Menschen*! Wir leben in einem Faradayschen Käfig. Die Amerikaner berichten, was sie von den Engländern erfahren, die Engländer berichten, was ihnen die Amerikaner erzählen. So geht es reihum, immer im Kreis, ein wahrer Reigen, einer schreibt vom anderen ab. Wenn du den brillanten Kombinationen der Italiener glaubst, bist du überhaupt verloren! Was mir an den Amerikanern gefällt, ist ihre Naivität, die einfach darauf zurückzuführen ist, daß sie zu viel Personal haben. Einer steht dem andern im Weg. Ich war unlängst bei einer Vernissage über zeitgenössische Photographie, nicht uninteressant, recht gut besucht. Ich beobachte, wie sich mein amerikanischer Kollege Notizen macht, pirsche mich an ihn heran und spähe über seine Schultern. Er führt eine Strichliste! Später gesteht er mir, er habe die Aktphotos der einzelnen Teilnehmerländer gezählt. An erster Stelle lagen erwartungsgemäß die Polen, dann kamen die Russen. Erstaunlich, nicht wahr? Es ist aber zu bedenken, daß die Polen ihre Modelle völlig nackt zeigten, während bei den Russen die delikaten Partien schamhaft verhüllt waren.«

»Na, ich muß schon sagen, das ist politisch wirklich hochbedeutsam!« lachte Sternberg. »Ja, wie willst du denn sonst *nachweisen,* daß die Künstler in Polen freier sind als in den anderen Ostblockstaaten?« – Riegler, der die Innenwand seines Eies sorgsam gesäubert hatte, führte, sich vorbeugend, nochmals den Löffel zum Mund, dann stülpte er triumphierend die leere Schale über den Eierbecher und sagte: »Nicht die Vorliebe der Amerikaner für statistische Methoden ist zu tadeln, sondern die falschen Schlußfolgerungen, die unsere transatlantischen Freunde ziehen. In der Geschichte tritt nie das ein, was wahrscheinlich ist. Es war gegen alle Wahrscheinlichkeit, daß jener Mann, der mit Mitgliedsnummer sieben der Deutschen Arbeiterpartei beitrat, dereinst Reichskanzler werden würde. Daß er es wurde, war unter den gegebenen Umständen vielleicht logisch, aber nicht wahrscheinlich. Für die Amerikaner ist Geschichte Science, für die Europäer Fiction. Nur die amerikanischen Juden, Angehörige eines Volkes, dem man die Geschichte genommen hat, nur die amerikanischen Juden haben einen Sinn für Geschichte, ob sie nun in Hollywood wirken oder in Wallstreet. Die Juden, mein Lieber« – Riegler faltete die Serviette zusammen –, »sind in Ungarn genauso wichtig wie in den USA. Juden sitzen im Zentralkomitee der Partei, in der

Nationalbank, in den Außenhandelsunternehmen usw., von der Presse ganz zu schweigen. Jeder von diesen hohen, mittleren oder kleinen Funktionären hat Verwandte oder Schulfreunde, die allen Grund haben, das Regime zu hassen. *Die* sind unsere potentiellen Informationsquellen! Leider teilt der Gesandte nicht diese Auffassung. Er berichtet nur, was *objektivierbar,* das heißt aufgrund offizieller Quellen überprüfbar ist. Ich bitte dich, ein kompletter Unsinn! Meinst du, der Botschafter Andropow wird unserem Gesandten anvertrauen, wieviel Truppen die Sowjetunion in Ungarn stehen hat? Weißt du übrigens, daß sich der Gesandte gegen meine und deine Versetzung nach Budapest ausgesprochen hat, weil wir Junggesellen sind?« Riegler schob angewidert eine Pfefferschote zur Seite. »Dabei sind wir doch weniger erpreßbar als Ehemänner, die sich in eine Liaison einlassen! Jetzt müssen wir aber aufbrechen, um acht Uhr beginnt der Parteienverkehr, der Gesandte liebt pünktliches Erscheinen im Amt. Ich übrigens auch«, setzte Riegler hinzu.

Im Warteraum der Gesandtschaft (Plakate von Melk, Hellbrunn und Kaprun) stand der

Amtsgehilfe Zellenberger und siegelte Kurierpakete. Zellenberger, Hundebesitzer, hielt auf sein Äußeres. »Täglich ein frisches Hemd!« pflegte er zu sagen. Auf diesen Hemden war sein Monogramm derart verschachtelt eingestickt, daß man den zweiten Vornamen, nämlich Viktor, für ein abgekürztes »von« halten konnte. Die Parteien pflegten Zellenberger, der es in der Deutschen Wehrmacht bis zum Stabsgefreiten gebracht hatte, mit »Herr Konsul« zu titulieren. Er erfreute sich eines gewissen Prestiges, da er die Nummernzettel für die Visawerber austeilte. Riegler nannte ihn gönnerhaft »Lord Zellenberger«.
Als der Amtsgehilfe Riegler und Sternberg erblickte, überlegte er eine Weile, dann sagte er: »Ah, der Herr Doktor, mit dem neuen Herrn Doktor!« Hierauf verschwand er.
Über dem Aufgang in den ersten Stock brannte ein rotes Licht. »Der Gesandte chiffriert gerade, dabei will er nicht gestört werden. Gehen wir einstweilen in dein Zimmer.« Sternberg war beeindruckt. Eine rote Signallampe, die anzeigte, daß der Botschafter chiffrierte, hatte es in Paris nicht gegeben.
Die Einrichtung von Sternbergs Büro bestand aus einem holzfarben angestrichenen Panzerschrank (»Die Ungarn haben sowieso den Schlüssel«), einem großflächigen Schreibtisch ohne Laden (»Dafür kannst du die Intarsien

bewundern«), einer Sitzgarnitur (»Gehört frisch überzogen«) und einem Gemälde des Kaisers Franz Josef im Alter von 18 Jahren. Dazu Riegler: »Wenn die Sozialisten wüßten, daß ausgerechnet in der Gesandtschaft Budapest ein Bild des Kaisers hängt, hätten sie längst eine parlamentarische Anfrage an den Minister gerichtet!«

Sie traten ans Fenster. Man war mitten in den Hügeln von Buda; schräg gegenüber, jenseits der dichtverbauten Talsohle, lag die Flanke des Burgberges mit der Matyas-Kirche, und noch weiter weg, aber so, daß sie noch zum Bild gehörte, floß die Donau. Sternberg mußte plötzlich an den Legationsrat Schachinger denken: Vermutlich gab es überall eine schönste Aussicht der Welt.

Zellenberger trat ein: »Der Herr Gesandte läßt bitten!«

Als Sternberg den Legationsrat fragend anblickte, winkte dieser ab: »Geh nur allein, ich bin bei dieser Unterredung überflüssig. Außerdem hab' ich zu tun.«

Sternberg klopfte, weder zu laut noch zu leise. Eine sonore Stimme, weder zu laut noch zu leise, antwortete: »Herein!«

»Zwei Schweine«, sagte der Gesandte, »sind bei Hegyeshalom über die Grenze gelaufen. Die Rückgabe an die ungarischen Grenzbehörden soll heute nachmittag um vier Uhr erfolgen. Und deshalb«, der Gesandte hob anklagend ein Büschel rosaroter Blätter, die mit endlosen Zahlenkolonnen bedeckt waren, in die Höhe, »und deshalb schickt uns Wien ein Chiffretelegramm zur eigenhändigen Entschlüsselung durch den Missionschef!« – Er griff zum Telephon: »Der Herr Legationsrat möge zu mir kommen!« – Es entsprach dem besonderen Ritual, daß der Gesandte Riegler nie persönlich anrief, sondern seine Aufträge über die Sekretärin weitergab.

»Sprichst du ungarisch?« war die erste Frage, die er an Sternberg richtete. Als dieser ein wenig verlegen verneinte, fuhr der Gesandte fort: »Um so besser! Dadurch sind die Kontakte mit der einheimischen Bevölkerung erschwert. Mach dir über die Ungarn keine Illusionen! Du lebst in einem Land, wo man dir bei Zigeunermusik die Taschen umdreht, das nennt man dann *leben und leben lassen.* Vorsicht bei den Titeln! Du wirst kaum einen Ungarn treffen, der dir nicht erzählt, sein Vater, Onkel oder Taufpate sei in der Monarchie Feldmarschall-Leutnant, Obergespan oder wenigstens ein berühmter Operettenkomponist gewesen. Am meisten aber nimm dich vor den wirklichen Grafen in acht, schon bei der zweiten Begegnung werden sie von dir verlangen, daß du ihren Familienschmuck ins Ausland verbringst. Als Bridgepartner sind allerdings die hiesigen Aristokraten, sogar die Angehörigen der Gentry, sehr gut verwendbar. Die Delaroche haben einen Hohenems als Kammerdiener, der zwar das Haus verkommen läßt, aber beim Bridge sämtliche Ambassadeure an die Wand spielt. Die Leute hierzulande werden dir auch alle zu beweisen suchen, daß sie eigentlich verhinderte Österreicher sind. So ändern sich die Zeiten! Nach 1918 haben die Herren ihre deutschen oder slowakischen Namen magyarisieren lassen. – Liest du oder spielst du ein Instrument? Literatur verleitet zur Überschätzung, Musik zur Vernachlässigung des Denkens. Das Wichtigste in unserem Metier ist ein guter Stil. ›Le style fait l'homme‹, sagen die Franzosen. Ein wahres Wort! Ich rate dir, Karl Kraus zu lesen. Er verabscheute jede sprachliche Kulanz, das heißt das Schreiben nach dem Grundsatz: Wir werden schon keinen Richter brauchen. Man sagt: Der Hund, DER sich verlaufen hat, aber: Der Hund, WELCHER ein Haustier ist. Ich hoffe, dir ist der Unterschied, dem Karl Kraus ein eigenes Kapitel gewidmet hat, geläufig? Ein Diplomat, der ... äh ... welcher den richtigen Gebrauch der Relativpronomina nicht beherrscht, vermag auch Menschen und Situationen nicht zu beurteilen.«

In diesem Augenblick trat Riegler ein.

»Geh sofort ins Außenministerium zum Lei-

ter der germanischen Abteilung und erhebe Protest wegen Grenzverletzung durch zwei Schweine, die sich illegal auf unser Hoheitsgebiet begeben haben«, sagte der Gesandte. »Im Telegramm ist von einem ›Anschlag auf die Souveränität Österreichs‹ die Rede, aber vermeide diese Wendung, so einen Unsinn kann nur der Hellebard verfaßt haben, um mich zu ärgern.«
»Soll ich nicht lieber den Palota aufsuchen?«
»Nein, der ist doch Leiter der Visa-Abteilung. Hier handelt es sich eindeutig um eine politische Angelegenheit.«
»Wenn du dieser Meinung bist, gewiß Herr Gesandter.«
»Bitte betone, daß das österreichische Landwirtschaftsministerium Repressalien für den Fall angedroht hat, daß weitere Schweine ohne Genehmigung des Viehverkehrsfonds nach Österreich gelangen. – Mir scheint allerdings, daß unser Landwirtschaftsministerium die Sache mißverstanden hat. Ich werde dem Sektionschef Jelinek einen privaten Brief schreiben. – Wenn sich die ungarischen Behörden weigern, die beiden Schweine zurückzunehmen, müßten diese an Ort und Stelle notgeschlachtet werden. Führe die Demarche in ruhigem, sachlichem Ton durch, aber laß es an Nachdruck nicht fehlen.«
»Also wie gewöhnlich.« Mit dieser Feststel-

lung, die nicht erkennen ließ, ob sie kritisch gemeint war, entfernte sich Riegler.

Der Gesandte schien eine Weile nachzudenken, als suche er den abgerissenen Gesprächsfaden. Schließlich klopfte er auf ein Buch, das vor ihm auf dem Schreibtisch lag, und sagte: »Jeder Staatsmann, der Memoiren schreibt, will die Geschichte richtigstellen. Bismarcks ›Gedanken und Erinnerungen‹ sind ein besonders zähflüssiges Werk dieser Gattung. Man soll nicht in die Geschichte hineinapplaudieren. Ich habe für Bismarcks Politik nichts übrig. Wenn ich seine Memoiren trotzdem immer wieder lese, so deshalb, weil ich mir meine Ressentiments gegen Preußen bewahren möchte. Jede Nation, die sich respektiert, braucht einen Feind. Österreich braucht Preußen. Das Wesen Österreichs liegt in seiner Ablehnung Preußens.« Der Gesandte sprach jetzt sehr pointiert. »Als wir gegen Preußen *kämpften,* im Siebenjährigen Krieg und 1866, wurden wir zwar geschlagen, aber Österreich blieb intakt. Als wir uns 1914 mit Preußen-Deutschland verbündeten und als wir 1938 den einmarschierenden Truppen der Wehrmacht keinen Widerstand leisteten, ging Österreich zugrunde. Es fehlte das Ressentiment! Der Ausdruck Piefke hatte seine staatserhaltende Kraft eingebüßt und war zu einem gewöhnlichen Schimpfwort herabgesunken.

Die Glorifizierung Preußens durch einen Mann wie Egon Friedell ist mir ab-so-lut unverständlich! Dabei ist die ›Kulturgeschichte Griechenlands‹ ein erstaunlicher Wurf – für einen Kabarettisten. Das Altertum war nicht antik, behauptete Friedell, aber was es wirklich war, sagt er nicht. – Hüte dich vor den Aufzeichnern! Sie sagen nur, was geschehen ist, aber nicht, was hätte geschehen sollen. Nimm die Tagebücher Josef Redlichs aus den letzten Jahrzehnten der Doppelmonarchie: Diese Aufzeichnungen sind inappellabel wie die Menüs, die Redlich mit seinen Gesprächspartnern einnahm, mit Alek Hoyos hier, mit Baernreither dort. Aber crème de volaille bleibt crème de volaille!«

Sternberg, der sich eingestand, daß er weniger und weniger begriff, wollte sich zunächst im Stil des Hauses verhalten, nämlich rezeptiv. Da ihn jedoch der Gesandte herausfordernd und, wie Sternberg vermeinte, antwortheischend anblickte, rang er sich zu einer Äußerung durch. Er sagte:

»Ich glaube ... ehem ... ich vermag dir nicht ganz zu folgen.«

»Nun, du kannst crème de volaille auch durch irgendeine Käsesorte ersetzen. Das Schreckliche an der Sprache ist ja die Austauschbarkeit der Metaphern.«

Damit schlug der Gesandte das Buch auf (es

waren die Memoiren Bismarcks) und begann zu lesen. Die Welt um ihn herum schien zu versinken. Sternberg hätte gerne Näheres über seinen künftigen Aufgabenkreis erfahren, denn er wollte Riegler nicht zur Gänze ausgeliefert sein, aber der Gesandte dachte offenbar nicht an eine Fortsetzung der Unterredung. Sternberg zog sich mit einer Verbeugung zurück. Beim Hinausgehen faßte er den Entschluß, jenen Dr. Angyel aufzusuchen, dessen Adresse ihm sein Vater mitgegeben hatte. (»Ein alter Freund. Wir gingen zusammen ins Theresianum.«) Dr. Angyel war, soviel Sternberg wußte, der Sohn eines Feldmarschall-Leutnants.

Die Sekretärinnen saßen beim Kaffee. Die »Zubereitung, Verabreichung und Zusichnahme von Kaffee, Tee und anderen als durststillenden Getränken bzw. von nur beschränkt durststillenden Getränken während der Dienststunden« war zwar durch einen Runderlaß des Ministeriums ausdrücklich untersagt, doch ließ sich diese Vorschrift in der Praxis nicht verwirklichen. Es wurden sogar von Amts wegen Kochplatten angeschafft, allerdings unter dem Titel »Heizgerät« oder einer anderen unverfänglich klingenden Bezeichnung. Fräulein Rümler, die wegen ihrer auffallenden Kleider und gewagten Kopfbedeckungen schon öfter den Unwillen des Gesandten hervorgerufen hatte, führte das große Wort. Man sprach über den »Neuen«.

»Ich muß sagen«, erklärte Fräulein Rümler dezidiert, »daß er mir ganz gut gefällt. Wißt ihr, wie sie ihn in Wien nennen? Mr. Außenamt! Er ist ja wirklich sehr elegant und immer tiptop angezogen. Dabei soll er sogar intelligent sein.«

»Ich habe für diese Playboy-Typen nichts übrig«, sagte Fräulein Hatvany, auch Pipike genannt. Sie stand der sozialistischen Partei nahe, ihr Bruder war (seit etwa sieben Jahren) Werkstudent. »Der Sternberg gehört zu jenen verwöhnten Herren Söhnen, die als Maturareise ein Auto bekommen. Mir haben meine Eltern gerade noch eine Fahrt an den Neusiedlersee zahlen können.«

»Er kann ja schließlich nichts dafür, daß sein Vater reich und Ihrer arm ist!«

»In Paris soll er eine Geschichte mit der Frau des Botschafters gehabt haben.«

»Mit dieser alten Schachtel?« wollte Pipike wissen.

»Auf jeden Fall gab es vor seiner Abberufung einen Riesenkrach.«

»Das war nichts als eine auf Tritschi-Tratschi aufgebaute Personalintrige, ich weiß es von meinem Onkel Zuckerkandel, der mit der Familie vom Jaro befreundet ist ...«
»Mir kann der Sternberg jedenfalls nicht imponieren! Ich bin neugierig, wie er mit unseren amtsbekannten Querulanten zurechtkommen wird, da hilft ihm sein ganzes Hollywood-Gesicht nichts!«
Frau Wegenstein, von der es hieß, sie sei bereits zweimal verheiratet gewesen, kochte Kaffee und schwieg. Sie haßte diese Gespräche.
»Ich möchte wissen, in welchem Sternbild er geboren ist«, ließ sich Fräulein Nessler vernehmen. Sie litt unter starken Komplexen wegen ihres Körpergeruchs. Obwohl sie in ärztlicher Behandlung stand, wollte diese offenbar nervös bedingte Ungelegenheit nicht besser werden. Der Kanzleileiter behauptete, alles, was ihr fehle, sei ein Mann, aber ... Dabei hielt er sich beziehungsvoll die Nase zu.
»Sie können ja zu ihm gehen und ihn fragen«, stichelte der Kanzleileiter.
»Ich weiß, daß sie von Astrologie nichts halten. Aber die Sterne lügen *nie*!«
»Außer in meinem Fall. Ich bin ein Skorpion und trotzdem ein friedlicher Mensch. – Na endlich«, setzte er hinzu, als Frau Wegenstein

begann, den Kaffee einzuschenken. »Ich hab' schon geglaubt, Ihr Türkischer wird heute nie fertig!«

»Sie bekommen ohnedies keinen, bis Sie sich wegen gestern entschuldigt haben!«

»Ujegerl, sind Sie aber streng«, lachte der Kanzleileiter mit dicken Lippen, »das ist ja die reinste Erpressung! Das nächste Mal laufen Sie womöglich zum Chef!«

»Ich glaube, eher zum Legationsrat!«

»Oder zum Playboy!«

Frau Wegenstein antwortete nicht. Manchmal allerdings, wenn sie zu Hause vor dem Spiegel saß und ihr Gesicht betrachtete (welches der italienische Botschafter klassisch genannt hatte), beschimpfte sie Pipike und die anderen mit rüden, ja sogar unflätigen Ausdrücken, die ihr niemand zugetraut hätte. Im Büro hingegen hielt sie eisern an ihrem Ruf fest, ein stilles und vielleicht tiefes Wasser zu sein. Man konnte vieles in den Tiefen seiner Seele verbergen, wenn man es verstand, die Tugend der Verschwiegenheit nicht nur zu üben, sondern ins rechte Licht zu setzen und weithin sichtbar flattern zu lassen wie frischgewaschene Wäsche in der Sonne.

In den Sommernächten war die Fischerbastei hell erleuchtet. Dann mochte einer der Geschäftsreisenden, die in einem Ausländerhotel am anderen Donauufer beim Abendessen saßen, wohl ausrufen: »Märchenhaft!« Die einschmeichelnden Melodien der Zigeunerkapelle, der Strom, in dem sich die Lichter der Stadt spiegelten, die aufmerksame Bedienung, das alles ließ die Verdrießlichkeiten bei der Zollabfertigung und den Ärger mit den staatlichen Außenhandelsunternehmungen vergessen.

Der Glanz der Fischerbastei war allerdings trügerisch. In den engen Gassen hinter der Mathiaskirche begegnete man auf Schritt und Tritt der Zerstörung und dem Verfall. Während durch das Wiener Tor noch manchmal der Lichtstreif eines Autoscheinwerfers fiel und die Gesprächsfetzen später Wanderer flogen, lag die Herrengasse finster und verlassen. Die Kellerfenster der Stadtpalais sogen begierig die letzte Wärme des Tages in sich hinein, und von den Dächern wölbten sich Regenrinnen wie tote Schlangenleiber. War es möglich, daß Barockportale, diese Einladungen zu heiteren Festen, so verfielen? Ein versinkender Stadtteil, diesen Eindruck konnte auch das intakt gebliebene Reiterstandbild des Andreas Hadik nicht verwischen.

So wenigstens empfand es Erich Sternberg, der mit dem britischen Militärattaché und einer Dame, die einen gefiederten Cocktailhut trug, unterwegs war. »Eigentlich erstaunlich«, meinte er, »und fast als Zeichen von Toleranz zu werten, daß die Kommunisten das Denkmal dieses habsburgischen Kriegsherrn nicht abmontiert haben.« – »Lieber Freund, das ist weder erstaunlich, noch hat es mit Toleranz zu tun«, entgegnete der Militärattaché. »Die Kommunisten sind Meister des Arrangements, sie gehen Kompromisse auch dort ein, wo es gegen ihre Ideologie verstößt. Das unterscheidet sie von den sogenannten Kapitalisten, die gar keine Ideologie haben. Denken Sie an den Pakt, den Stalin mit Hitler schloß, um einen Teil Polens einzustecken. Ebensowenig findet das hiesige Regime etwas dabei, sich mit dem General Hadik zu versöhnen, der nun einmal als ungarischer Nationalheld gilt, seit er im Siebenjährigen Krieg mit einer Handvoll Husaren in Berlin einzog, das Rathaus besetzte und von der Stadtverwaltung 300 000 Gulden Lösegeld für die Kriegskasse der Kaiserin Maria Theresia einstrich.«
»Ach, Sie mit Ihren Operettengeschichten!« sagte Mary, deren Bleistiftabsätze sich immer wieder in den Löchern und Rillen des Katzenkopfpflasters verfingen. »Reichen Sie mir lieber Ihren Arm!« – »Mit dem größten Vergnü-

gen, aber nur, wenn Sie mir versprechen, meine Operettengeschichte zu glauben.« – »Also gut, ich glaube sie, was bleibt mir anderes übrig.«

Nach einer Weile stolpernden Vorwärtsbewegens tauchte am Ende des Straßenschlundes das schwacherleuchtete Schild des Becsi Kapu auf. Einige Stufen führten in die Tiefe des Lokals, das Sternberg zum erstenmal betrat. In einer Ecke stand eine polychrome Espressomaschine, hinter deren Dampfwolken von Zeit zu Zeit das Gesicht einer jungen Frau auftauchte. – »Hallo, Evikem!« begrüßte sie der Militärattaché, dabei eine Kußhand werfend. – »Müssen Sie schon wieder flirten?« rügte Mary. – »Ach, ich hab' die Kleine einfach gern!« Und zu Sternberg gebeugt, flüsterte er: »Sie verlangt auch Geld, wenn man nicht mit ihr geschlafen hat. Für meine unversorgten Kinder, sagt sie dann treuherzig.« – Sternberg schnupperte: »Es riecht nach Pferdemist!« – »Kein Wunder. Hier waren auch einmal die königlichen Stallungen untergebracht.«

Der Pianist grüßte herüber. Er hob zuprostend ein Glas Milch in die Höhe und nahm einen kräftigen Schluck.

»Wir nennen ihn den Frosch. Ein begabter Musiker, aber er trinkt zu viel. Das Glas ist zur Hälfte mit Rum gefüllt.«

Der Kellner trug eine verwaschene Leinenjak-

ke. Er bediente junge Stachanovisten und ehemalige Herrenreiter mit der gleichen Verachtung.
Die Grundstimmung des Lokals war rot. Rote Tapeten, rotüberzogene Barockmöbel, rote Lampenschirme, Vorhänge von gleicher Farbe. An den Wänden hingen revolutionäre Flugblätter aus dem 48er Jahr, Karikaturen kaiserlicher Generäle und Stiche wie »Die ungarischen Truppen vor Wien« oder »Petöfi auf der Freitreppe des Nationalmuseums«.
Hier saßen sie, die Lacis, Palis und Pistas, tranken Kaffee aus billigem Herender Porzellan und rührten elegant mit schäbigen Aluminiumlöffeln um.
»Die Frauen habe ich mir hübscher vorgestellt«, sagte Sternberg.
»Das findet man immer – bis man sich in die erste verliebt. Wie haben Ihnen denn die Pariserinnen gefallen?«
»Ah«, antwortete Sternberg abschätzig und sah dabei Mary in die Augen, »pas mal, aber sie waren mir zu ungepflegt.«
»Ihr Fehler, daß Sie es bemerkten. Hatten Sie eine Freundin? Tänzerin, Barmädchen, ballet rose ... wie es sich für einen hoffnungsvollen Jungdiplomaten gehört? Oder ziehen Sie Intellektuelle vor? Ihnen trau ich auch eine Negerin zu!«
Sternberg lächelte, als hätte er dies alles be-

reits hinter sich. »Kann man hier in Budapest eigentlich irgendwohin tanzen gehen?« fragte er schließlich.

»Das will ich meinen, ha-ha-ha!« Der Militärattaché schlug sich auf den Schenkel. »In Marys Wohnung. Können Sie Csardas tanzen? Nein!? Dann ist es aber Zeit, daß Sie es lernen. Mit Cha-cha-cha werden Sie Mary nicht beeindrucken!«

»Ich liebe dieses Loch«, fuhr er fort. »Natürlich ist alles schäbig. Sehen Sie die Sprünge an den Wänden. Aber es erinnert mich so an die Zwanzigerjahre, als ich in Wien studierte. Die gleichen Melodien, die gleichen Gesichter, der gleiche Leichtsinn. Nur trugen die Leute damals mehr weiße Hemden. Mitteleuropa ging schon damals zugrunde. Frosch!« rief er, »spielen Sie die Lieder, die man woanders schon vergessen hat. Spielen Sie: *Es steht auf der Wieden ein kleines Hotel* ... Wir nennen ihn seit jeher den Frosch. Dabei hat er einfach nur Basedow. In den dreißiger Jahren war seine große Zeit. Ganz Budapest war verrückt nach ihm. Besonders die Frauen. Damals hat er seinen ersten und einzigen Welterfolg geschrieben, den ›Traurigen Sonntag‹. Der Schlager wurde in alle Sprachen übersetzt, Hollywood hat mehrere Filme damit bestritten, sogar Hermann Göring ließ sich das Lied vorspielen. Der Frosch spielt

es jetzt nur mehr, wenn er betrunken ist.«
»Entschuldigen Sie«, fragte ein Herr vom Nebentisch herüber und wandte sich an Sternberg: »Sind Sie aus Wien?« – Erich bejahte. – »Ich kenne Wien gut.« Der Mann ließ seine Augäpfel rollen. »War allerdings schon lange nicht dort. Kriegt man im Café Fenstergucker noch immer diese Nußbeugeln? Wissen Sie, für mich ist der Semmering noch immer ein ungarischer Kurort. Ich bin halt um vierzig Jahre zu spät auf der Welt!«

Er zog ein vergilbtes Photo aus der Tasche. »So habe ich einmal ausgeschaut: Fregattenleutnant Benkö auf S.M.S. Szigetvár. Ich habe den Horthy gut gekannt. Wir waren zusammen in Pola.«

Jetzt mischte sich der Militärattaché ins Gespräch: »Sie dienten in der k.u.k. Kriegsmarine?« Er winkte den Kellner herbei. »Ich bin zwar nur ein schäbiger Kavallerist, aber Sie gestatten doch, daß ich Sie zu einem Umtrunk einlade.«

»Bitte nur, wenn die nächste Runde auf meine Rechnung geht!«

»Schade um diesen Horthy, er war ein ausgezeichneter Offizier«, meinte der Oberst. »Schuld an seinem Unglück sind die Alliierten gewesen, die den Ungarn das Meer weggenommen haben, da bleibt einem Admiral nichts anderes übrig, als in die Politik zu gehen. – Was machen eigentlich Ihre Landsleute in diesem Lokal?«

Benkö blickte um sich: »Sitzen und verlängern den Tag. Die meisten Menschen glauben, wenn man nachts aufbleibt, hat man mehr vom Leben. Das Espresso ist ein Pis aller. Wohin soll man sonst gehen? In die Oper, wo lauter Proleten sitzen? Kino ist noch ärger, dort muß man sich die Filme anschauen. Zu Hause lebt man nicht sehr angenehm, die Wohnungen sind klein, die Kinder stehen überall im Weg herum, und die Frau zankt, weil man nicht genug verdient.«

»Also genau wie bei uns!«

»Ja, aber Sie können reisen. Verstehen Sie, was ich meine: Reisen! Das Land verlassen!«

»Seit wann sind die Ungarn so reiselustig? Sie haben doch immer behauptet: *Extra Hungariam non est vita, et si est vita, non est ita.*«

»Ja, das war einmal – solange es in Ungarn noch Herren gegeben hat.«

»Sagen Sie mir: Wovon leben die Ungarn eigentlich?«

»No bitte, jeder hat einen Posten!«

»Aber die Gehälter sind doch miserabel.«

»Deswegen hat jeder einen Nebenverdienst. Der Kelemen Geza zum Beispiel verkauft seit Jahren seinen Familienschmuck. Andere helfen sich nach dem Grundsatz: Wer seinen Betrieb nicht bestiehlt, bestiehlt seine Familie.«

Benkö dachte einen Augenblick nach: »Die Ingenieure sind am besten dran, denn der Sozialismus läßt sich auch ohne Ärzte aufbauen, aber nicht ohne Techniker.«
»Und wovon leben Sie?«
»No, das ist nicht ganz geklärt. Ich habe einen Bruder in Amerika, der schickt mir von Zeit zu Zeit Pakete mit Kaffee und Zigaretten. Den Inhalt verkaufe ich. Für ein Kilo Kaffee bekommt man 250 Forint!«
»*Sie* arbeiten also nicht?«
»Bei meiner Vergangenheit sind die Posten, die man mir anbietet, nicht sehr angenehm, Leichenwäscher zum Beispiel. Manchmal wirke ich beim Film mit, als Komparse. Ich bin sehr gefragt in antikapitalistischen Hetzfilmen, eigne mich besonders als vertrottelter Stabsoffizier oder schurkischer Großgrundbesitzer. Dabei wäre ich wirklich geadelt worden, wenn der Krieg noch ein paar Wochen gedauert hätte. Der Kaiser Karl hat ja am Schluß alle geadelt« (Er sagte »olle geodelt«).
Gegen drei Uhr früh sang der Militärattaché den »Leiermann« und andere Schubertlieder. Erich Sternberg hatte seine Hand längst auf Marys Strumpfband gelegt. Sie zog an seinen Hosenträgern und sagte: »Die sind ja rot!«
»Ich habe für jeden Wochentag eine andere Farbe. Rot trage ich erst ab sieben abends.«
Benkö erzählte von alten Zeiten.

»In Pola habe ich in einer Nacht mit dem ganzen Stadtballett geschlafen: Zwölf Mädeln! Bei der letzten mußte ich allerdings vorher einen Kaffee trinken, ha-ha-ha!«
Der Frosch improvisierte zu den letzten Takten des »Leiermanns«. Er hielt die Augen geschlossen, ein Lächeln formte sich auf seinen Lippen. Plötzlich ließ er die Hände sinken und stand schwankend auf: »Nein, mir fällt nichts mehr ein. Mir wird nie mehr etwas einfallen. Zu Weihnachten 1942 bekam ich ein Paket ... so groß wie eine Schuhschachtel ... aus Theresienstadt ... mit Asche ... mit der Asche meiner Frau ...«
Der Frosch fiel wieder auf seinen Sitz nieder. Seine Finger fuhren über die Tasten. Er spielte den ›Traurigen Sonntag‹.

»Wie kannst du dich mit dem Benkö einlassen?« fragte der Gesandte. »Du bist mit ihm gestern in einem Nachtlokal gesehen worden. An seiner Geschichte vom k.u.k. Marineoffizier ist natürlich kein wahres Wort. Benkö ist ein Hochstapler, der mit der Polizei unter einer Decke steckt. Seine Spezialität besteht darin, Mädchen der ehemaligen Gesell-

schaft, die einen eher zweifelhaften Ruf genießen, an westliche Diplomaten zu verkuppeln. Nachdem er die Vermittlungsprämie eingestrichen hat, erpreßt er die Leute. Die Freundin von Debesque ist vorige Woche verhaftet worden. Das ist Benkös Werk. Ich will nicht, daß du in eine ähnliche Situation hineinschlitterst, ich habe genug Scherereien mit unserem Handelsrat. Da, schau dir diese Bilder an!«
Sternberg trat näher. Auf dem Schreibtisch lagen mehrere Photos, die den Handelsrat in eindeutigen Positionen zeigten.
»Und wer ist diese Frau?«
»Eine AVO-Prostituierte aus der Savoy-Bar. Der Handelsrat ist vollkommen verrückt nach ihr und will sie heiraten. Man hat mir die Bilder heute im Außenministerium übergeben. – ›Zur Vervollständigung Ihres Dossiers‹, sagte der Kiss mit süffisantem Lächeln. ›Ihr Handelsrat hat den österreichisch-ungarischen Warenverkehr in recht eigenartiger Weise beleben wollen, durch den Vertrieb pornographischer Bilder und Schriften.‹ – Natürlich haben die Ungarn von Anfang an genau Bescheid gewußt. Und in dieser Situation, da die Gesandtschaft schwerstens kompromittiert ist, zeigst du dich mit Benkö in der Öffentlichkeit!«
»Ich befand mich in guter Gesellschaft, der britische Militärattaché war dabei.«

»Der Oberst hat sicherlich etwas im Schilde geführt!«
»Ich glaube nicht, denn er war ziemlich besoffen.«
»Ein alter Trick! Ich untersage dir ein für allemal, mit ungarischen Staatsbürgern privat zu verkehren!«
»Soweit mir bekannt ist, sieht die Dienstpragmatik einen derartigen Eingriff in das Privatleben eines Beamten nicht vor.«
»Als die Dienstpragmatik geschaffen wurde, gab es noch keinen eisernen Vorhang. Der Gesetzgeber hat aber selbst für das Unvorhersehbare vorgesorgt: Paragraph 11 der Dienstpragmatik bestimmt, daß der Beamte den Weisungen seiner Vorgesetzten zu folgen hat.«
»Ich glaube jedenfalls« (Sternberg fielen die Worte des Legationsrates ein), »daß es falsch ist, wenn wir uns von der Bevölkerung dieses Landes systematisch abschirmen. Wir haben schließlich ein Interesse daran, zu wissen, was die Leute denken ...«
»Unsere Aufgabe besteht darin, die Beziehungen zu den offiziellen Stellen auszubauen und zu vertiefen, nicht aber mit Obskuranten zu verkehren.«
»Dann werden unsere politischen Berichte recht einseitig ausfallen!«
»Das lasse gefälligst meine Sorge sein! Außer-

dem liest unsere politischen Berichte ohnedies kein Mensch, die diversen Geheimdienste ausgenommen. Ich habe vor einiger Zeit eine ausgezeichnete Analyse über die Lage der katholischen Kirche in Ungarn vorgelegt. Glaubst du, daß man es der Mühe wert gefunden hätte, meinen Bericht dem erzbischöflichen Ordinariat zu übermitteln? Irgendein Referent hat ad acta draufgeschrieben! Ein Glück, daß ich eine Kopie dem Kardinal persönlich geschickt habe.«
Damit vertiefte sich der Gesandte wieder in die Lektüre seines Buches. Sternberg verließ das Zimmer mit rotem Gesicht, fest entschlossen, die Freiheit seines Privatlebens zu verteidigen.

Sternberg saß auf der Terrasse, die sein Vorgänger seltsamerweise mit Stangenbohnen umpflanzt hatte, einem Gewächs, das farbenfroh erblühte und sich rasch emporwand, ohne viel Wurzelgrund zu benötigen. Nolens volens hing er seinen Gedanken nach. Sternberg fühlte sich zum erstenmal – nun, einsam war vielleicht nicht das richtige Wort, aber irgendwie enttäuscht, durchschaut, ernüchtert. Sein Ende in Paris war mit Eklat herbeigeführt, ja herbeigesehnt worden; allmählich – die Introspektion schien durch die Ortsveränderung gefördert – dämmerte ihm, daß er nicht ungern diese »Strafe«, diese »Verbannung« auf sich genommen hatte. Sein Verhalten war nicht frei von Koketterie und Heldenpose gewesen. Es hatte ihn befriedigt, daß seine Freunde die Hände über dem Kopf zusammengeschlagen und ausgerufen hatten: Was, du gehst wirklich zu diesen Kommunisten? Der Heroismus begann, das spürte er nach diesen paar Wochen, abzubröckeln und zu verblassen. Er wohnte angenehm, hatte eine Haushälterin, um die ihn sein Freund Plengg heftig beneidete; in den Restaurants speiste man zwar nicht so gut wie in Paris oder London, aber die Bedienung war aufmerksamer, zuvorkommender, die Kellner befleißigten sich (»schweif- und serviettenwedelnd«, wie sich sein Vorgänger, der die Ungarn nicht mochte, ausgedrückt hatte). Wenn Sternberg sein weißes Panhard-Sportcabriolet bestieg, blickten ihm die Leute bewundernd nach. *Man war wer* als ausländischer Diplomat in Budapest ... In diesem Augenblick erschien Julischka, winzig und mausgrau. Sie machte ein Gesicht, als hätte ihr jemand ein altes Huhn verkaufen wollen.

»Der Herr Handelsrat ist draußen und möchte den Herrn Doktor sprechen. Unangemeldet«,

setzte sie nach einer kurzen, aber beziehungsvollen Pause hinzu.
Sternberg spürte, daß Julischka noch etwas sagen wollte, sich aber zurückhielt. Tatsächlich schwankte sie, focht einen inneren Kampf aus. Sollte sie die Schranke, die sie von der Herrschaft trennte, durchbrechen? Es war das ewige Schwanken des Dienstboten zwischen Diskretion und Loyalität. Was gingen den Herren ihre, Julischkas, Bedenken und Befürchtungen an? Durfte sie ihm mitteilen, was sie auf dem Herzen hatte, obwohl es doch ihn betraf? Aber da war eben diese Distanz, diese Abhängigkeit ... Julischka blickte Sternberg zweifelnd an. Eigentlich wäre es seine Sache gewesen, sie durch ein Wort oder durch eine Geste zu ermutigen. Statt dessen entschloß sich Sternberg, der nur begriff, daß Julischka von irgendwelchen Skrupeln geplagt wurde, den Schwebezustand durch ein forsches Herrenwort zu beenden:
»Führen Sie ihn herein!«
Der Handelsrat war ein etwa fünfzigjähriger Mann mit blassem Gesicht. Man wußte von ihm wenig; eigentlich nur, was man sich so über ihn erzählte. Riegler behauptete, er sei nicht ganz wehrwürdig gewesen: »Das hat ihn geprägt. Er mußte zwar nicht einrücken, war aber ein Mensch zweiter Klasse.«
»Einen Whisky?«

»Nein, danke!« Der Handelsrat lehnte hastig ab. »Entschuldigen Sie, daß ich so hereinplatze. Haben Sie einige Minuten Zeit für mich?«
»Aber natürlich!«
»Würden Sie bitte das Radio anstellen?« – Der Handelsrat deutete gegen die Decke. – »Es ist wegen der Mikrophone.«
Sternberg schaltete den Apparat ein, aus dem sofort ein Csardas hervorbrach wie feurige Lava.
Der Handelsrat verzog schmerzlich das Gesicht: »Um Gottes willen, nur keine ungarische Musik!«
Sternberg drehte am Einstellknopf. Radio Wien brachte eine Reklamesendung. *»Lieserl, kumm her, S'Wieserl ist leer ...«* lockte ein bekannter Schlagersänger. »Grasflecken«, sagte dann der Sprecher in die langsam abklingende Musik hinein, »Grasflecken entfernt rasch und mühelos der Allfleckentferner Putzweg!«
Der Handelsrat nahm die Brille ab. Er schien plötzlich verändert, als fehlte die Klammer, die seine Persönlichkeit zusammengehalten hatte. – Er ist sans défense, dachte Sternberg, wie ein Schauspieler, der soeben noch Wallenstein oder Hamlet war, nun aber – abgeschminkt – im Spiegel sein wahres Gesicht erblickt. – In den zurückgekrochenen Augen des Handelsrates stand die Angst, die Angst vor einer drohenden Gefahr, der man vielleicht oh-

ne den trügerischen Schutz der Augengläser eher entrinnen konnte, indem man sich auf den sogenannten sechsten Sinn verließ.
»Der Chef hat mich ins Boxhorn jagen wollen«, sagte er. »Er behauptet, den Ungarn lägen Beweise vor, daß ich ein Netz zum Vertrieb pornographischer Bilder und Schriften aufgezogen hätte. In gewinnsüchtiger Absicht, was in den Augen des hiesigen Regimes so ziemlich das schlimmste Verbrechen ist. Ich bitte Sie, diese Anschuldigung ist doch absurd!«
»Hat er Ihnen die Photos gezeigt?« warf Sternberg, dem diese Unterredung peinlich war, vorsichtig ein.
»Natürlich, die Bilder sind eine geschickte Fälschung. Laborarbeit. Außerdem, – wer von uns war noch nicht in einer solchen Situation? Verstehen Sie mich doch: Es geht um meine Existenz! Der Chef will einen Bericht an unser Außenministerium verfassen und meine sofortige Abberufung verlangen. Die Folgen wären für mich katastrophal. Ich wollte Sie fragen – Sie können mir glauben, daß mir dieser Schritt nicht leicht fällt –, ob Sie den Gesandten nicht davon abbringen, ihm nicht erklären könnten ...«
»Ich glaube, er ist in diesem Punkt völlig unzugänglich. Er lehnt Ausländerkontakte strikte ab. Ich hatte mit ihm heute eine Auseinan-

dersetzung wegen eines gewissen Benkö. Der Gesandte verbot mir jeden weiteren Umgang mit diesem Herrn, den ich im übrigen gar nicht näher kenne.«

»Ah – Benkö!« Der Handelsrat sprang auf. »Benkö hat mir doch diesen ganzen Schlamassel eingebrockt. Weil er scharf auf Tschöppi ist. Sie wissen doch, daß ich Tschöppi heiraten will. Benkö hat mit ihr schlafen wollen, aber sie hat sich geweigert, und daraufhin steckte er unsere Geschichte der Geheimpolizei. Nehmen Sie sich vor Benkö in acht, er ist einer der gefährlichsten Halunken, die es in Budapest gibt.«

»Ich werde auf Ihren Rat sicherlich zurückkommen«, sagte Sternberg, »aber was Ihr Problem betrifft: Ich kann mir nicht vorstellen, daß die Ungarn so schwerwiegende Anschuldigungen gegen Sie erheben, ohne Beweise in Händen zu haben.«

»Sie wissen doch, wie man hierzulande Beweise fabriziert! Tschöppi will aus diesem Leben heraus. Ihre einzige Chance besteht darin, einen ausländischen Diplomaten zu heiraten, nur so kann sie sich von hier abkoppeln. Ich behaupte ja nicht, daß ich Tschöppis große Liebe bin. Bei meinem Aussehen (der Handelsrat lächelte trüb) muß man schon dankbar sein, wenn einem jemand Sympathie entgegenbringt. Ab einem bestimmten Alter sind

Zuneigung, Verständnis, menschliche Wärme usw. ohnedies wichtiger als die sogenannte Liebe. Warum sollen Tschöppi und ich den bestehenden Zustand, der ja vielerlei Gefahren mit sich bringt, nicht durch eine Eheschließung legalisieren. Ihr Ministerium, das immer so viel Wert auf Sicherheit legt, müßte diese Lösung doch begrüßen, statt sie zu hintertreiben!«

Sternberg überlegte. Er hatte keinerlei Veranlassung, weder eine patriotische, noch eine persönliche, sich in diese obskure Geschichte hineinziehen zu lassen. Er sagte daher vage (was er für diplomatisch hielt):

»Die Sache ist ziemlich verfahren. Wenn sich allerdings die Handelskammer energisch auf Ihre Seite stellt ...«

»Das ist es ja gerade. Die Handelskammer wird keinen Finger für mich rühren, wenn Ihr Chef einen negativen Bericht erstattet. Deshalb eben bitte ich Sie, mit dem Gesandten zu sprechen.«

»Selbst wenn ich es täte, glaube ich nicht, daß ich ihn herumkriegen könnte.«

Der Handelsrat ließ den Kopf hängen. »Ich habe gehofft, er würde auf Sie hören. Leider bin ich bei meinen Vorgesetzten in der Kammer nicht sehr gut angeschrieben. Man wird den Bericht des Gesandten zum Anlaß nehmen, um mich zu pensionieren. Na ja«, seufzte er,

»vielleicht weiß Tschöppi einen Rat. Würden Sie mich zu ihr begleiten?«
Sternberg zögerte einen Augenblick, dann sagte er zu. Dabei dachte er an die Bilder, die ihm der Gesandte gezeigt hatte.

Das Zimmer Tschöppis war klein, mit gemütlich abgeschrägtem Plafond. An der Wand hing ein Stich von Wien, in der Ecke stand ein Paravent, der das Waschbecken verdeckte. Im Raum herrschte Ordnung, bis auf einige herumliegende weibliche Wäschestücke.
Sternberg hatte sich Tschöppi im Schlafrock vorgestellt. Sie trug jedoch ein fliederfarbenes Kleid, ihre Haare waren mit großer Sorgfalt zu einer Abendfrisur hochgesteckt. Weiß und leidenschaftslos (»wie der Flug einer Lerche«) stieg der Hals aus dem hochgeschlossenen Kragen. Tschöppi war mit dem Maniküren beschäftigt und trug einen perlmuttglänzenden Lack auf.
»Entschuldigen Sie«, sagte sie zu Erich Sternberg, »wenn ich Ihnen nicht die Hand gebe, aber dieser ungarische Nagellack trocknet sehr schlecht.« Sie schlenkerte mit den Händen, als ob sie einen lästigen Mückenschwarm verscheuchen wollte. Von Zeit zu Zeit blies sie auf ihre Fingerspitzen. »Ich brauche heute

abend besonders schöne Nägel, wir erwarten nämlich eine Gewerkschaftsdelegation. Diese Herren lieben einen Hauch von kapitalistischem Luxus.«
Zum Handelsrat, den sie flüchtig auf die Wange küßte, sagte sie: »Servus! Was macht dein großer Chef?« Ohne eine Antwort abzuwarten, wandte sie sich wieder Sternberg zu: »Ich verstehe nicht, wie man eine Stadt wie Wien verlassen kann, um in dieses gräßliche Budapest zu kommen!«
»Es gibt doch sehr schöne Frauen hier!« entgegnete Erich.
»Ja, aber wir sind alle arme Teufel!« – Sternberg staunte über die natürliche Art, mit der sie das Kompliment quittierte.
Tschöppi hätte ebensogut die Gattin eines Fabrikanten oder eine Directrice von Elisabeth Arden sein können. Vielleicht ist das der Trick, mit dem sie die Männer anlockt, spann Erich seine Betrachtungen weiter. Der Handelsrat schaltete sich ein: »Leider steht es nicht gut. Der Chef will meinen Kopf.«
»Um deinen Kopf wäre es schade!« Ein Anflug von Zärtlichkeit lag in ihrer Stimme.
»Die Ungarn haben eine blöde Geschichte mit pornographischen Heften erfunden.«
Tschöppi hörte mit einem Schlag auf, ihre Hände hin und her zu bewegen. »Da steckt der Benkö dahinter!« rief sie aus.

»Ich bin ganz deiner Meinung!« sagte der Handelsrat, »aber was sollen wir tun?«

»Ich könnte vielleicht doch mit ihm schlafen«, entgegnete sie langsam. »Aber dafür wird es schon zu spät sein. Es ist besser, ich gehe mit dem Polizeioffizier ins Bett, der die Untersuchung leitet. Seinen Namen könnte ich von Imre erfahren.«

»Du bist verrückt. Du darfst mit der Sache überhaupt nichts zu tun haben!«

»Aber ich habe schon«, sagte sie mit leichtem Spott, »denn ich bin deine Mätresse.«

»Du weißt genau, daß ich dich längst geheiratet hätte, wenn deine Papiere in Ordnung wären.«

»In diesem Land ist immer etwas mit Papieren nicht in Ordnung. Dragam, ich muß mich beeilen. Komm lieber heute nicht ins Savoy, es werden zu viele Leute da sein, die mich irritieren. Erwarte mich zu Hause, wir können dann noch weitersprechen.«

Im Auto meinte der Handelsrat, es freue ihn, daß sie einander menschlich näher gekommen seien. Ob sie nicht gemeinsam essen gehen sollten? Er wisse in Alt-Ofen ein nettes Lokal, gar nicht teuer, denn abgesehen vom Gesandten seien sie ja nicht so gut bezahlt, um sich eines jener Nobelrestaurants leisten zu können, in denen es vor Kellnern wimmle, die den Gästen eine Kavaliersatmosphäre vor-

gaukelten, in Wirklichkeit aber begierig jedem Wort lauschten, das gesprochen wurde. Resignierend stimmte Sternberg zu. Mitgegangen mitgefangen, dachte er, für ein Rendezvous mit Mary war es ohnedies bereits zu spät.
Während der Fahrt gab sich Sternberg betont einsilbig. Tschöppi war sicherlich eine interessante Person, aber dieser Paarhufer von einem Handelsrat ... Erich verstand jetzt das kätzische Gesicht, das Julischka aufgesetzt hatte, als der Handelsattaché in der Wohnung aufgetaucht war ... Ein verpatzter Abend ... Mißmutig blickte Sternberg auf die vorüberhuschenden Häuser der Wiener Straße. Er wußte damals noch nicht, daß die Umwege des Lebens oft weiter führen als die geraden Bahnen, von denen man das Ziel bisweilen allzufrüh erblickt.
Sie betraten eine gewölbte Toreinfahrt, aus der Stimmengewirr und Gesang erscholl. In einer Mauernische stand eine Statue des heiligen Florian, der einen Eimer Wasser in die züngelnden Flammen eines Miniaturhauses goß. Der Heilige trug zwar einen Helm, hatte aber nackte Knie, denn er war einem römischen Legionssoldaten nachempfunden. Sonderbar, dachte Sternberg, wie einen das Römische überallhin verfolgt, selbst in diese pannonischen Breiten.

An der Brust des Heiligen hing eine Tafel mit der Aufschrift: FÜR DIE MUSIK. Darunter stand ein Schemel mit einem Strohkörbchen, in welchem einige Münzen und Geldscheine lagen. Sankt Florian war ein Heiliger, dem man offenbar nicht nur als Feuerwehrmann vertraute ...

Der Garten war voll von Menschen, die sich in einer fremd klingenden deutschen Mundart unterhielten.

»Ein Schwabengasthaus«, sagte der Handelsrat.

»Sieht aus wie ein Heuriger!«

»Sie haben ganz recht. Auf den Hängen hinter Alt-Ofen gedieh der Wein, den schon die Römer hier gepflanzt hatten. Im 19. Jahrhundert vernichtete die Reblaus sämtliche Kulturen; die Hauer wurden Fischer oder Werftarbeiter, aber die Liebe zum Wein ist ihnen geblieben.«

Ein Bretzelbub kam vorbei. – »Sie erlauben!« – Der Handelsrat griff sich ein Bretzel von der Stange und steckte dem Burschen eine Münze zu. – Hoffentlich muß ich mit ihm nicht Bruderschaft trinken, durchfuhr es Sternberg. Doch der Handelsrat hatte anderes im Sinn:

»Bestellen wir!« rief er aus. »Ich würde Ihnen empfehlen, mit einer Fischsuppe zu beginnen. Dann haben Sie die Wahl zwischen Schweinsleber nach Siebenbürger Jägerart, Paprika-

huhn mit Sauerrahm oder gezupftem Nudelteig.« – Gottergeben entschied sich Sternberg für gezupften Nudelteig.
Nach einer Weile stellte der Kellner einen brodelnden Kupferkessel auf den Tisch. Der Handelsrat fuhr mit dem Löffel in die braunrote Brühe, rührte einige Male kräftig um und kostete. – »Nicht übel!« konstatierte er schließlich und leckte sich die Lippen. »Sie können die Suppe getrost genießen.«
»1945«, fuhr der Handelsrat fort, »habe ich meine Frau verloren. Sie wurde bei Malacky von einer russischen Streife erschossen, die nach versprengten SS-Männern suchte. Es war meine Schuld. Wir lebten damals in Preßburg, aber ich bestand darauf, daß meine Frau zu ihrer Tante aufs Land übersiedelte, weil ich glaubte, sie sei dort sicherer. Tja, Schicksal, werden Sie vielleicht sagen, aber es gibt kein Schicksal, irgend jemand ist immer schuld an dem, was geschieht. Seit 1945 lebe ich allein. Ich habe mich daran gewöhnt, ich beklage mich auch nicht. Die Sache hat sogar ihre guten Seiten, man fühlt sich freier, braucht niemandem Rechenschaft zu geben und kein schlechtes Gewissen zu haben, wenn man sich auf einer Dienstreise mal mit einer Frau im Hotel trifft. Natürlich sagen meine Freunde zu mir: Schön und gut, die Unabhängigkeit hat sicher Vorteile, wer wüßte sie nicht zu

schätzen, aber wenn Weihnachten kommt, was machst du dann? Dann sitzt du, wenn es gut geht, unter einem fremden Weihnachtsbaum. Also zu Ihnen gesagt: Weihnachten geht mir nicht im geringsten ab, ich hasse diesen Familienrummel, wo man geschoppt wird wie eine Martinigans. Wenn Weihnachten kommt, ergreife ich die Flucht: Ich verreise einfach oder lege mich auf ein paar Tage ins Spital, irgend etwas hat man in meinem Alter ja immer zu kurieren! Es gibt da allerdings eine Merkwürdigkeit, die mir zu schaffen macht. Jedesmal, wenn jemand in meiner Gegenwart einen Apfel schält, kommen mir die Tränen, ich kann mir nicht helfen. Es erinnert mich an meine Frau, sie machte das Apfelschälen so behende, so geschickt, mit diesem Rundherum-Schnitt, der bewirkt, daß die Schale nicht abreißt, sondern spiralenförmig abfällt und auf dem Teller liegenbleibt wie eine Blüte. Auch das Zerteilen des Apfels traf meine Frau vorzüglich, sie machte akkurate, geradezu chirurgische Schnitte, als hielte sie ein Skalpell in Händen, es war wirklich ein Vergnügen, ihr zuzuschauen. Sie war eine eigenartige Frau, etwas schwermütig, ich weiß nicht, ob wir miteinander glücklich waren. Aber Glück existiert ja eigentlich gar nicht. Es gibt nur ein Mehr oder Weniger an Unglück. Seit ich mit Tschöppi beisammen bin, bin ich

weniger unglücklich. Wissen Sie, daß Tschöppi meine Socken wäscht? Nicht wahr, das hätten Sie ihr nicht zugetraut? Sie hatte es nicht leicht im Leben, mußte sich durchschlagen, jede Art von Arbeit war ihr recht. Eine Zeitlang arbeitete sie als Küchenmädchen. Deswegen machen ihr solche Dinge nichts aus (es war nicht ganz klar, welche Dinge der Handelsrat meinte). Wenn ich Ihnen etwas sagen darf, und Sie sind ja schon alt genug, um mich zu verstehen, auch in einer erotischen Beziehung kommt es auf die Nebensächlichkeiten an, daß heißt auf jene Dinge, die nebensächlich *scheinen,* wie z. B. das Schälen eines Apfels. Alles andere, was uns so in den Aufklärungsbüchern von Hirschfeld bis Van der Velde aufgetischt wird, ist nichts als wissenschaftlich verbrämter Quatsch!«
Am Nebentisch sangen sie wieder. Der Handelsrat drängte plötzlich zum Aufbruch.

Gegen fünf Uhr morgens wurde Sternberg durch das Läuten des Telephons aus dem Schlaf gerissen. Er tastete sich ins Nebenzimmer zum Apparat, blinzelte mit verschlafenen Augen gegen das fahle Morgenlicht.

Ferngespräch aus Wien. Es knaxte und knisterte in der Leitung. »Bitte sprechen, bitte sprechen!« erklang eine leidenschaftslose Stimme. Dann war die Verbindung plötzlich da, überdeutlich und fast schmerzlich nahe. Sternberg erkannte den Anrufer sofort: Es war der Handelsrat.
»Ich bin soeben mit Tschöppi in Wien angekommen. Wir gehen nach Australien, habe dort einige Freunde. Sagen Sie dem Gesandten, es gab für uns keinen anderen Ausweg ... Schicken Sie mir bitte meine Sachen nach und bezahlen Sie die offenen Rechnungen, Geld ist genug im Depot. Und vielen Dank für Ihre Hilfe. Tschöppi läßt Sie schön grüßen.« Eine Frauenstimme rief dazwischen: »Alles Gute!« Dann brach der Sprechkontakt ab.

Der Gesandte war außer sich.
»Das ist eine Schweinerei! Man rennt nicht bei Nacht und Nebel davon wie ein Dieb. Geld befindet sich im Depot! Wie freundlich vom Herrn Handelsrat, uns zu seinem Konkursmasseverwalter zu bestellen. Vielleicht hat er auch noch einen Restposten pornographischer Schriften hinterlassen, die wir veräußern sollen! Riegler, geh bitte sofort in die Wohnung

des Handelsrates und stelle seine Effekten sicher!«

Der Gesandte verfaßte eigenhändig ein Telegramm nach Wien, das nach sorgfältiger Redigierung folgendermaßen lautete:

»An Außenamt Wien. Geheim. Handelsrat hat heute nacht Dienstort unerlaubt verlassen und dürfte sich derzeit in Wien aufhalten. Dem Vernehmen nach Auswanderung nach Australien beabsichtigt. Begleiterin vermutlich Geheimprostituierte und Polizeispitzel Ildiko Gelles, genannt Tschöppi. Größe ca. 170, wiederhole 170 Zentimeter. Gesicht oval, Nase unauffällig, Haare blond (gefärbt), Augen möglicherweise grau. Verständigt umgehend Staatspolizei, da Spionage- bzw. Korruptionsverdacht. Austroges Budapest.«

Eine halbe Stunde später rief der Protokollchef des ungarischen Außenministeriums an und teilte mit, der Minister wünsche dringend den Gesandten zu sprechen, je eher, desto besser, am besten sofort. Der Gesandte entgegnete, er müsse zwar eine wichtige Verabredung absagen (woran kein wahres Wort war), stehe aber ungesäumt zur Verfügung.

»Jetzt kann ich mir die Vorwürfe dieses Kernbeißers anhören«, knurrte der Gesandte verdrossen. Er befahl Sternberg, ihn zu begleiten: »Wir brauchen einen Gesprächszeugen!«

Riegler schäumte. Er fühlte sich übergangen, außerdem sah er sich der Möglichkeit beraubt, seinem Minister und Parteifreund unter Umgehung des Dienstweges über den Verlauf der Unterredung direkt berichten zu können.
Der Posten vor dem Außenministerium salutierte, als der Gesandte und Sternberg dem Wagen entstiegen. Ein korrekt gekleideter junger Mann – ob Amtsdiener, Geheimpolizist oder Legationssekretär, war schwer zu entscheiden – führte sie in den ersten Stock. Der Gesandte ließ das Geleitorgan genau zwei Schrittlängen vorausgehen und hielt diesen Abstand eisern ein. Die Distanz, nicht die Brillanz mache den Herren aus, pflegte er zu sagen.
Der Minister erwartete seine Besucher in einem saalartigen Konferenzzimmer. Er hatte, offenbar um den Ernst der Lage zu unterstreichen, etwa ein Dutzend Mitarbeiter um sich versammelt, die allerdings im Laufe der Unterredung kein einziges Mal das Wort ergriffen. Dafür machte sich jeder eifrig Notizen.
Auf dem Kaminsims hinter dem Besprechungstisch stand ein goldbestickter Wimpel mit der Aufschrift: UNGARISCH-SOWJETISCHE FREUNDSCHAFT. Kürzer hätte man, zumal in zyrillischer Schrift, das Leitmotiv der ungarischen Außenpolitik nicht ausdrücken können. Der Minister, der Anfang der Fünfziger-

jahre, also noch zu Stalins Lebzeiten, Botschafter in Moskau gewesen war, hatte den Wimpel anläßlich eines Fußball-Länderkampfes erhalten und war damals sehr glücklich darüber gewesen, daß nicht seine, sondern die Mannschaft der Sowjetunion gewonnen hatte. Das kolorierte Leninbild, das an der Schmalseite des Raumes hing, war an sich weniger bemerkenswert, denn derartige Porträts hingen in allen Ämtern und Büros. Hingegen bewiesen die hellen Flecken zur Rechten und Linken Lenins, daß man auch in Ungarn mit der Entstalinisierung begonnen hatte: Die Bilder Stalins und Rakosis, des »geliebten Führers des ungarischen Volkes«, waren in der großen Versenkung verschwunden.

Begrüßung und Vorstellung verliefen recht zeremoniell, dann nahm man unter umständlichem, prätentiösem Sesselrücken Platz.

»Bitte bedienen Sie sich!« sagte der Minister und deutete auf die vor ihm liegenden Zigarettensorten: Balaton, Opera, Fünfjahresplan.

»Nein, danke, ich rauche nicht!« Das war eine kleine Unfreundlichkeit. Der Gesandte gab dadurch zu erkennen, daß ihm das Ausbleiben des sonst üblicherweise servierten Kaffees nicht entgangen war.

Im Gegenzug holte der Minister ein Päcken CAMEL aus der Tasche und fragte: »Sie haben doch nichts dagegen, wenn ich mir eine Zigarette anzünde?«

Der Mann hält sich ja nicht einmal an die primitivsten Umgangsformen, fand Sternberg. Er verschmäht die Zigaretten, die er seinem Gast soeben noch angeboten hat, und raucht seine eigenen!

Der Gesandte spürte indessen die Absicht, die Zurechtweisung, die in den Worten des Ministers lag. Er neigte ein wenig den Kopf, als wollte er die Inschrift auf der Verpackung lesen: »Wie ich sehe, bevorzugen Sie amerikanische Sorten. Haben Sie *auch* einen Onkel in den USA, der Ihnen Zigaretten schickt?«

(Bravo! Gut gegeben!)

»Ein Onkel von mir lebt tatsächlich im Land der unbegrenzten Möglichkeiten. Leider ist er völlig mittellos und hat nichts zum Verschenken. Aber selbst wenn er reich wäre, würde er mir keine Zigaretten schicken, denn er ist ein eingefleischter Horthy-Anhänger und haßt Kommunisten wie mich. Ich unterstütze ihn natürlich, aber mit Hilfe einer unverdächtigen Cousine, so daß mein Onkel nichts von meiner Wohltätigkeit ahnt. Ich möchte ihn keinesfalls demütigen.«

»Eine aufschlußreiche Geschichte«, räumte der Gesandte ein, »die zeigt, daß politische Meinungsverschiedenheiten oft mitten durch die Familie gehen. Meine vorhin geäußerte Vermutung gründete sich auf den Umstand,

daß in Budapest amerikanische Zigaretten nur auf dem schwarzen Markt erhältlich sind. Es tut mir leid, dem Gespräch eine Wendung ins Persönliche gegeben zu haben.«
(Très malin! Das Einlenken des Gesandten war nur scheinbar. Er verband seine Entschuldigung mit einem Angriff auf die moralische Position des Ministers, indem er diesem unterstellte, Zigaretten zu rauchen, die er sich im Schleichhandel besorgt hatte.)
Ehe der Minister replizieren konnte, fuhr der Gesandte fort: »Kommen wir zur Sache. Ich glaube, den Grund unseres Gesprächs zu erraten; es dürfte sich um einen Angehörigen der Gesandtschaft handeln.«
»Ganz richtig. Sie hatten vor einigen Tagen eine Unterredung mit dem Genossen, Pardon Sektionschef, Kiss wegen Ihres Handelsrates. Wir konnten Ihnen damals an Hand von Dokumenten (der Minister machte eine wegwerfende Geste) nachweisen, daß der Handelsrat die Gesetze der Ungarischen Volksrepublik auf das gröblichste verletzt. Nunmehr hat sich – der Minister hob die Stimme – ein Fall von Menschenschmuggel ereignet. Ihr Handelsrat brachte heute nacht eine ungarische Staatsbürgerin im Kofferraum seines Autos illegal über die Grenze. Die Frau besaß keine ordnungsgemäßen ungarischen Reisedokumente. Sie war schon seit längerer Zeit von den Organen unse-

res Staatssicherheitsdienstes observiert worden. Es steht fest, daß sie für eine westliche Macht Spionage betrieben hat.«

»Erlauben Sie eine Frage: Warum hat mir der Herr Sektionschef Kiss darüber keinerlei Andeutungen gemacht!«

»Wir waren uns damals noch nicht ganz klar über die näheren Umstände und das Ausmaß der Verfehlungen. Diese Dinge lassen sich bekanntlich schwer beweisen.«

»Ich habe Sie diesbezüglich noch nie in Verlegenheit gesehen.«

»Auch wir anerkennen den Grundsatz: In dubio pro reo. Durch die erfolgte Flucht ist die Schuld dieser Agentin klar zutage getreten.«

»Die in Ihren Augen unerlaubte Grenzüberschreitung beweist noch keine Agententätigkeit. Aber es ist nicht meine Aufgabe, ungarische Staatsbürger vom Vorwurf der Spionage reinzuwaschen.«

»Da stimme ich völlig mit Ihnen überein. Uns interessiert der Fall hier nur insoweit, als der Handelsrat und die österreichische Gesandtschaft darin verwickelt sind. Sie finden eine Aufzählung der Fakten in meinem Memorandum. Da Handlungen vorliegen, die gegen die Sicherheit des ungarischen Staates gerichtet sind, werden Sie verstehen, daß wir uns mit einem einfachen Protest nicht zufriedengeben können. Wir müssen Garantien für die Zukunft verlangen. Unsere Regierung schlägt daher verschiedene Maßnahmen vor, die der Sicherheit Ihres Personals dienen, eine Erleichterung Ihrer offiziellen Kontakte bezwecken und gewisse organisatorische Anpassungen vorsehen.«

Der Gesandte nahm das Schriftstück wortlos entgegen und las es aufmerksam durch. Dann sagte er: »Ich bin selbstverständlich nicht in der Lage, der Antwort meiner Regierung vorzugreifen. Soviel ich jedoch sehe, handelt es sich bei den sogenannten Maßnahmen für die Sicherheit des Personals um eine Einschränkung der Bewegungsfreiheit unserer Bediensteten. Was Sie als Erleichterung der offiziellen Kontakte bezeichnen, ist das Verbot, mit anderen Stellen als mit dem Außenministerium zu verkehren, und unter organisatorischer Anpassung verstehen Sie eine Reduzierung unseres Personalstandes. Ich werde Ihr Memorandum unverzüglich nach Wien weiterleiten, kann Ihnen aber schon jetzt versichern, daß eine Einmischung Ihrerseits in den internen Dienstbetrieb der Gesandtschaft absolut inakzeptabel ist.«

Beim Nachhausefahren murmelte der Gesandte einige Male: »Ich sehe nicht klar.«

Das ungarische Memorandum enthielt die unglaublichsten Anschuldigungen. Die Gesandtschaft schien aus einer Bande von

Schmugglern und Agenten zu bestehen. Der Handel mit pornographischen Druckwerken war nur am Rande und als verhältnismäßig geringfügiger Verstoß vermerkt.
Es fiel auf, daß die Ungarn einen Akt der Gesandtschaft wörtlich und mit Angabe der Geschäftszahl zitierten. Dem Handelsrat wurde vorgeworfen, er habe Agenten für Zwecke der Industriespionage anzuwerben versucht und insbesondere Material über den neuen Atommeiler beschaffen wollen. Verschiedene Zeugen waren angeführt, darunter auch Benkö. Der Vertrauensanwalt der Gesandtschaft wurde beschuldigt, unter Mithilfe des Amtsgehilfen Zellenberger gefälschte Reisedokumente ausgestellt zu haben. Eine der Sekretärinnen – ausgerechnet Frl. Nessler – traf der Vorwurf, ein Verhältnis mit einem Oberleutnant der ungarischen Luftwaffe zu unterhalten, um in den Besitz militärischer Geheimnisse zu gelangen. Auch Riegler blieb nicht verschont: Er habe in einem Restaurant antikommunistische Hetzreden geführt und verschiedene Personen gegen die Arbeiter- und Bauernregierung aufgewiegelt. Schließlich kam Sternberg an die Reihe: Er habe die Flucht der Agentin Gelles begünstigt. Beweis: Sein Besuch bei Tschöppi am Vorabend ihrer Flucht. Die Ungarn arbeiteten schnell.
Riegler bemerkte, es sei verwunderlich, daß

man den Gesandten ausgespart habe. »Aber irgendeine integre Person braucht man doch, um den Protest weiterleiten zu können«, meinte Sternberg.
In Anbetracht der schwerwiegenden Vorwürfe begab sich der Gesandte selbst nach Wien, um dem Außenministerium Bericht zu erstatten. Seine Frau folgte ihm einige Tage später. Sie nahm den Hund Schnipsel und ziemlich viele Gepäckstücke mit, wie Zellenberger Riegler anvertraute.
Die Behörden in Wien zeigten sich der Situation gewachsen. Es gelang ihnen, Ildiko Gelles zum Sprechen zu bringen. Der Gesandte kehrte mit ausführlichen Instruktionen nach Budapest zurück, allerdings ohne Gattin.
Aufgrund der Aussagen Tschöppis war man in der Lage, dem ungarischen Außenministerium Enthüllungen anzubieten, welche die Stellung eines wichtigen Regierungsmitgliedes erschüttert hätten. Nach etlichen Unterredungen im kleinsten Kreis (zuletzt fand ein Vieraugengespräch zwischen dem ungarischen Gesandten und dem österreichischen Innenminister statt), einigte man sich darauf, die gegenseitigen Anschuldigungen zurückzuziehen und so zu tun, als ob nichts geschehen wäre. Benkö verschwand allerdings von der Bildfläche.

2

Als Riegler die Fazekas-Straße überquerte, blieb neben ihm ein Auto stehen. Es war eines jener Vorkriegsmodelle, die noch immer in Budapest zirkulierten und von ihren Besitzern mit zärtlicher Hingabe gehegt und gepflegt wurden. Glücklich, wer ein Steyr-Baby oder einen DKW, Baujahr 1936, sein eigen nennen konnte!

Ehe Riegler zu Betrachtungen über die Bedeutung der Automobil-Industrie für die Volkswirtschaft ansetzen konnte, öffnete sich der Wagenschlag, und eine junge Frau sprang auf die Straße. Ohne sich im geringsten um den Verkehr, geschweige denn um Riegler zu kümmern, stülpte sie einen verschmutzten Handschuh über ihre Rechte, riß die Kühlerhaube auf und beugte sich über den Motorraum.

Riegler trat interessiert näher, sein Kavaliersinstinkt regte sich mächtig.

»Kann ich Ihnen behilflich sein?« fragte er.

»Tessek?« Die Frau richtete sich mit einem

Ruck auf. Zwei helle Augen (über deren Farbe der Attaché Erich Sternberg später noch viel nachdachte) starrten Riegler an.
»Ich ... ich wollte nur fragen, ob Sie vielleicht Hilfe benötigen«, wiederholte Riegler, dessen Stimme zusehends an Festigkeit gewann.
»Danke vielmals«, sagte die Frau und lachte, »aber diesen Wagen kann nur ich selbst wieder in Ordnung bringen. Ich habe schon Praxis.« Dabei schwenkte sie einen Schraubenschlüssel in ihrer lederbewehrten Faust. Dann beugte sie sich wieder über den Motor und begann angestrengt zu hantieren.
»Geben Sic acht auf Ihre Frisur!« warnte Riegler. Die Frau murmelte etwas Unverständliches.
»So!« rief sie nach einer Weile triumphierend aus, »ich glaube, er fährt wieder!«
Sie streifte den Handschuh ab, warf eine Haarsträhne aus dem Gesicht und zog ihr Kleid zurecht, das verrutscht war. Dann sagte sie:
»Und jetzt spucken Sie dreimal aus und rufen toi-toi-toi! Na, spucken Sie! Haben Sie auch ein Auto? Schrecklich, nichts als Reparaturen, ich werde mir demnächst ein Bicyclett kaufen!«
Alles im Leben schien ihr ungeheures Vergnügen zu bereiten, die Arbeit mit dem Schraubenschlüssel, der Gedanke, ein Fahrrad zu besitzen, der schöne Sommertag.

Ehe Riegler den Wagenschlag öffnen konnte, war sie eingestiegen.
Grrr ... grrrr ... grrrrr ... Der Motor sprang nicht an. Sie steckte den Kopf zum Fenster heraus:
»Bitte schieben Sie an!«
Riegler stemmte sich mit der ganzen Kraft seines untersetzten Körpers gegen das Fahrzeug, aber der Wagen bewegte sich nicht von der Stelle.
»Die Handbremse!« rief er.
»Natürlich! Ich Trottel!«
Vor Anstrengung lief Riegler der Schweiß über das Gesicht; schließlich gelang es ihm, den toten Punkt zu überwinden und den Wagen ins Rollen zu bringen.
»Bravo! Geht es noch ein bißchen schneller?«
Riegler schob, Riegler keuchte, der Wagen gewann an Fahrt. »Den Gang hinein!« rief er. Sie schaltete tatsächlich, mit einem Ruck sprang der Motor an und knatterte fürchterlich. Riegler stand da, in eine Wolke blauer Auspuffgase gehüllt. Rasch hastete er vorwärts und blickte durchs Wagenfenster.
Sie strahlte über das ganze Gesicht, ihre Augen waren noch um eine Nuance heller.
»Vielen Dank! Sie sind ein rettender Engel! Ohne Sie wäre ich zu spät in die Vorstellung gekommen.«
»Mein Name ist Riegler ...« Er mußte schon

ziemlich schnell laufen, um mit dem Fahrzeug noch Schritt halten zu können. Er klammerte sich an die Fensterstrebe, als wollte er das Auto zurückhalten. »Wo kann ich Sie wiedersehen?«
»In der Oper! Ich tanze einen Schwan ...«
Ihre Hand winkte noch zurück, es sah aus wie die Beuge eines Schwanenhalses, dann verschwand der Wagen um die Ecke.

Nach der Abreise seiner Frau kümmerte sich der Gesandte nur mehr sehr wenig um den Dienstbetrieb. Er wandte sich fast ausschließlich seinen historischen und kulturphilosophischen Studien zu. Sein Vertrauter wurde merkwürdigerweise der Amtsgehilfe Zellenberger, mit dem sich der Gesandte oft stundenlang einschloß.
Durch die Aufräumefrau wurde schließlich bekannt, daß der Gesandte dem Amtsgehilfen seine Manuskripte vorzulesen pflegte. Er arbeitete an einem Werk über die Türkei, jenes Land, in welchem er seine Attachéjahre verbracht hatte.
Das Gespräch, das die Aufräumefrau eines Tages belauschte, verlief ungefähr folgendermaßen:

»*Ein Büffelkarren zieht über die Hochfläche* – oder soll ich schreiben »durch«? Nein, man zieht »über« eine Fläche. *Die schweren Räder, die aus Holzplatten bestehen, denn das Speichenrad ist in Anatolien noch nicht in Gebrauch, sinken tief ein. Sie mahlen durch den Sand* ... Besser wäre: Mahlen *sich* durch den Sand. In dem Reflektivum steckt das Sich-bemühen, das Sich-anstrengen-müssen. – *Ein feiner, singender Ton liegt in der Luft.* – Zellenberger, sehen Sie den Büffelkarren vor sich, die Unendlichkeit der Landschaft?«
Zellenberger nickte und dachte daran, daß es bereits höchste Zeit wäre, seinen Hund auf die Gasse zu führen.
»*Hinter dem Karren schreitet ein kleiner Mann, ein Bauer. Er kann nicht lesen, er kann nicht schreiben, von den Hethitern hat er nie etwas gehört. Elektrizität und Verbrennungsmotor sind ihm unbekannt. Aber einen Namen formen seine Lippen, den des* KEMAL PASCHA ATATÜRK, *des Vaters des Vaterlandes. Der Sohn des Bauern wird hier, wo die Räder der anatolischen Nachtigall mahlen, dereinst den Pflug führen.* – Zellenberger, kommt es klar heraus, daß das Geräusch des Ochsenkarren die anatolische Nachtigall vorstellt?«
Zellenberger dachte einen Moment nach, dann sagte er:
»Ich glaub' nicht. Der Herr Gesandte sollten

es lieber deutlich sagen. Wenn Sie es mir nicht erklärt hätten ...«

»Gut, ich werde die Stelle überarbeiten. Engel behauptet in seinen stilkritischen Untersuchungen, man erkenne den guten Stilisten an der häufigen Verwendung des Strichpunktes. Lächerliche Schulmeisterei! Als ob die Sprache etwas mit den Satzzeichen zu tun hätte. Interpunktionen sind schriftstellerische Schwächeanfälle! Wenn einem Autor nichts anderes einfällt, macht er Ausrufungszeichen. Das Wichtigste an der Sprache sind die Zeitwörter. Gebrauchen Sie möglichst viele starke Verben, Zellenberger, beugen Sie kräftig, und vor allem: Keine Angst vor dem Konjunktiv! Wie herrlich klingen nun einmal Formen wie *Ich hübe, ich würfe, ich schwömme,* übrigens ist auch *ich schwämme* richtig. Einen argen Mißgriff stellt hingegen die Form *ich bräuchte* dar, obwohl man sie bei zahlreichen sogenannten guten Autoren findet. Korrekt ist einzig und allein *ich brauchte.* Man sagt ja auch nicht *ich gläubte ...*«

Als die Konversation der beiden an diesem Punkt angelangt war, entfernte sich die Aufräumefrau kopfschüttelnd und murmelte:

»Daß sich der Herr Gesandte so viel antut wegen die zwei Stricherl ...«

Riegler dachte intensiv an die Möglichkeit einer Sommerliebe. Frauen nahmen eine sehr bestimmte, klar umrissene Position in seinem Weltbild ein. Dennoch zweifelte er daran, ob diese von Kirche, Papstenzykliken und katholischen Verbänden geprägte Position der Wirklichkeit entsprach. Mit dieser Wirklichkeit war er in den Kriegsjahren immer wieder konfrontiert worden: Die Frauen waren widersprüchliche, wenn auch zum Teil starke Naturen. Da gab es die tapfere kleine Soldatenfrau, die der Baßbariton Hermann Strunz besang, und da gab es die Wehrmachtshelferinnen, die sich jedem Offizier an den Hals warfen. Sauber bleiben, hieß die Parole in Rieglers Kreisen, man hatte in erotischen Belangen eine weiße Weste zu tragen, besser noch: eine unbefleckte Hose ...
Es kam ihm plötzlich absurd vor, weiterhin die Rolle des keuschen Josef zu spielen und sich in Statistiken, Zeitungsartikel, Studien und Analysen zu vergraben, weil einen das angeblich ablenkte. Riegler stellte den Teller zur Seite, auf dem er soeben seine kalte, freudlose Mahlzeit (Fischmayonnaise mit Paprika) eingenommen hatte. »Der Mensch lebt nicht von Brot allein«, lehrte die Bibel. Der Attaché Sternberg, genannt Jaro, faßte diesen Satz, falls er ihn überhaupt kannte, bestimmt ganz

anders auf. Kaum vierzehn Tage in Budapest, ging er schon mit dieser hübschen Mary von der britischen Botschaft aus. Warum auch nicht? Vom Sicherheitsstandpunkt war dagegen nichts einzuwenden. Er, Riegler, war einfach zu grobklotzig, zu schwerfällig. Stets kümmerte er sich um Dinge, die ihn eigentlich nichts angingen. Wo immer er hinkam, was immer er anpackte, er wollte beständig die Welt verändern.

Mißmutig blickte Riegler nach seinem Schreibtisch. Er hatte sich vorgenommen, den Artikel für das Organ des Bauernbundes noch heute fertig zu schreiben, da die Redaktion bereits drängte. Aus naheliegenden Gründen sollte der Artikel »Kann der Einzelbauer in einer kollektiven Volkswirtschaft überleben? Gedanken und Betrachtungen unseres Ostexperten.« nicht unter Rieglers Namen, sondern unter einem Pseudonym erscheinen. Riegler hatte sich für QUERCUS entschieden, da seine Mutter mit dem Mädchennamen Aichinger geheißen hatte. Der Artikel begann mit den Worten:

> »Die Enzyklika RERUM NOVARUM sagt uns, daß der einzelne für das WAS und WIE der Produktion verantwortlich ist. Ob der Bauer auf seinem Acker Brotgetreide, Futtermittel oder Zuckerrüben anpflanzt, muß seiner freien Entscheidung vorbehalten bleiben.

›*Wir* bauen an, was *wir* wollen‹ ist ein Grundsatz, der nicht einmal von den österreichischen Sozialisten bestritten wird. Unsere landwirtschaftlichen Genossenschaften tragen sehr wesentlich zur Sicherung des freien Bauernstandes bei, indem sie den Mitgliedern mit Rat und Tat zur Seite stehen, Kredite vergeben, den Verkauf der Erzeugnisse besorgen und dergl.

Wie sieht es nun in einer Volksdemokratie aus? In unserem Nachbarland Ungarn sind etwa zwei Drittel des Ackerlandes in privater Hand. Die eineinhalb Millionen Eigenbauern erhalten jedoch vom Staat keinerlei Hilfe. Es besteht Ablieferungspflicht, die Preise sind künstlich niedrig gehalten, und bei der Kunstdüngerzuteilung gehen die Bauern meist leer aus, da die Staatsfarmen und die landwirtschaftlichen Genossenschaften bevorzugt werden. Durch diesen Druck werden viele Bauern gezwungen, den Kollektiven beizutreten. Das Ergebnis dieser Politik ist katastrophal. Ungarn, dieses Agrarland par excellence, muß heute Brotgetreide aus den USA und Kanada einführen! Die Hektarerträge liegen ...«

So langweilig und akademisch habe ich doch früher nie geschrieben, dachte Riegler, bin ich vielleicht schon selber so langweilig und akademisch geworden? Er blickte in den dunkeln-

den Abend hinaus. Die Kastanien vor dem Haus waren bereits verblüht. Menschen gingen daran vorbei: Für sie waren Bäume Bäume und nicht Rohmaterial für Grubenholz, Pulpe oder Rotationspapier.
Es hielt Riegler plötzlich nicht mehr daheim. Er holte seinen Wagen aus der Garage und fuhr in die Stadt.
Wie zufällig überquerte er den Vörös Marty-Platz, noch unentschlossen bog er in die ehemalige Andrassy-Straße ein. Heute dachte er nicht über die Namensänderung nach, die dieser Boulevard im Laufe von politischen Umwälzungen aller Art erfahren hatte – und noch erfahren würde.
Rieglers Ziel war die Oper.
Er stellte den Wagen in einer unbeleuchteten Nebengasse ab und näherte sich dem Gebäude. Die Fassade war von Scheinwerfern angestrahlt, es fand offenbar eine Festvorstellung statt. Riegler stieg langsam die Stufen zum Portikus empor und betrat das menschenleere Foyer, wo eine feierliche Stille herrschte. Er betrachtete die ausgehängten Photographien der Künstler: »Chovanschtschina«, eine massive Frau mit beschwörender Geste; »Don Giovanni«, der Titelheld, nicht mehr jung, mit aufgeklebtem Schnurrbart; ein froschmäuliger Leporello; Donna Anna in Großaufnahme. Plötzlich stockte Rieglers Schritt.

Noch war er im Zweifel. Die starken Lidstriche und die dunklen Brauen, die künstlichen Wimpern entfremdeten das Gesicht, ließen es ernst und gedrückt erscheinen. Die Augen blickten auf etwas Fernes, Unerreichbares, jedenfalls aber sehr Schönes. Es waren die hellen Augen der Frau mit dem Auto. Unter dem Bild stand: »Odile – Erzsebet Bertalanffy«.

Riegler überlegte, wie er weiter vorgehen sollte. Sternberg würde Erzsebet Bertalanffy einfach am Bühnentürl abpassen. Dieses indiskrete Draufgängertum liegt mir nicht, dachte Riegler, obwohl es die Weiber ganz gerne haben. Aber ich möchte Erzsebet Bertalanffy nicht in Verlegenheit bringen. Am besten wäre es, einen Brief zu schicken, keinesfalls ein Billett. Riegler schüttelte sich vor Abscheu: Solche Billetts kamen in den Romanen der Belle Epoque vor, aber in der Zwischenzeit hatte sich ja vieles verändert, auch die Stellung der Frau. Tänzerinnen waren jedenfalls kein Freiwild mehr! Nein, Riegler würde einen korrekten Brief schreiben, dabei auf ihre Begegnung (»Pannenhilfe«) anspielen und Erzsebet Bertalanffy schließlich fragen, ob er sie an einem der nächsten Tage nach Ende der Vorstellung erwarten dürfe. Kein Wort von Bühnenausgang oder dergleichen. Kopfzerbrechen bereitete Riegler allerdings die Frage der Anrede. »Sehr geehrtes gnädiges Fräulein!«

klang ausgezeichnet, aber vielleicht war Erzsebet Bertalanffy verheiratet? Um diese Klippe zu umschiffen, könnte man vielleicht sagen: »Verehrte Künstlerin!« Riegler hatte jedenfalls auf der Heimfahrt genügend Zeit, einen Brieftext zu entwerfen, den er dann zu Hause unverzüglich ins Reine übertrug.

»Bühne frei!« rief der Inspizient. Die Hörner setzten ein. Auf der Balustrade erschien der Prinz, sah sich suchend um und schoß dann seinen Pfeil ab, in Richtung der hinteren Versatzstücke. Der Prinz stutzte, als sei er erschrocken über seine eigene Courage, lauschte angespannt, dann drehte er eine Pirouette und fegte mit ein paar gewaltigen Sätzen über die Bühne.
»Auftritt Ballett!« kommandierte der Inspizient. Die Tänzerinnen zogen in langer Reihe von links nach rechts über die Bühne, als wollten sie den Prinzen einschüchtern und bei seinen gewagten Sprüngen behindern.
Erzsebet Bertalanffy stand neben dem Inspizienten. »Na, Feri-Bacsi, wie gefällt dir der Russe?«
»Es lebe die russisch-ungarische Freund-

schaft!« Der Feri-Bacsi grinste über das ganze Gesicht.
»Du weißt genau, daß er sehr begabt ist, unser Gast!«
»Trotzdem sehe ich nicht ein, warum wir wegen diesem Kerl den ungekürzten Schwanensee spielen müssen. Vier Stunden Tschaikowski! Die Vorstellung ist um Mitternacht zu Ende und ich bekomme keinen Autobus mehr nach Hause.«
»Was soll ich erst sagen! Du kannst wenigstens essen! Ich sterbe schon im zweiten Akt vor Hunger!«
»Auftritt Odile!«
Erzsebet Bertalanffy starb langsam, fragil und eigentlich nur andeutungsweise. Wie ein Vogel, der auf duftendes Gezweig niederschwebt und um den es langsam Nacht wird. Man sah den Pfeil aus dem Herzen ragen. Pfeil des Todes und der Liebe zugleich. Schon näherten sich die Gefährtinnen, um Odile zu bergen und zu beschützen. Aber die Gefährtinnen verwandelten sich in Nebenbuhlerinnen, neidische Schwestern, richteten Mauern auf zwischen ihr und dem Prinzen. Vergebens – schon erklang es, das unsterbliche Motiv, das die Liebenden umschlang, trennte und wieder zusammenführte. Noch ein paar Arabesken der Hände, dann erstarrte auch der Atem in der Luft.

»Vorhang!« rief der Inspizient. Donnernder Applaus erklang.
Der Russe trat auf Erzsi zu und drückte ihr die Hand. Er pflegte dies jedesmal nach dem Ende der Vorstellung zu tun, ehe sie sich dem Publikum zeigten (»zum Fraß vorwarfen«). Heute aber sagte er mit einem knabenhaften, etwas verlegenen Lächeln:
»Sie sind eine große Künstlerin. Wann kommen Sie einmal nach Moskau?«

Riegler drängte sich mit den übrigen Besuchern den Ausgängen entgegen. Die Menge war aufgeräumt und schwatzte. Der lang anhaltende Applaus hatte sich gegen Schluß zu schockartigem, rhythmischem Klatschen gesteigert.
Riegler fühlte sich wie betäubt. Er war den Auftritten Erzsebet Bertalanffys zuerst mit Neugier, dann mit wachsender Begeisterung gefolgt. Schließlich hatte sich Herzklopfen eingestellt, das jetzt langsam abklang. Wo sind die Grenzen der Deutbarkeit des Menschen, wo die Grenzen seiner Wandelbarkeit? fragte sich Riegler. Die Frau auf der Bühne schien nichts gemein zu haben mit der Frau, die aus dem Auto gesprungen war, um ihren

Motor wieder in Gang zu setzen. Der Prinz blieb der, der er war, eine gedrillte Puppe, ein Kosak, ein eitler Schnösel. Er mißfiel Riegler ganz und gar. Mit mächtigen, aber ausdruckslosen Sätzen war er über die Bühne gestürmt, die Brust vorgewölbt. Attacke! Kußhände! An-die-Brust-schlagen! All das ausgelaugte, abgediente Gestenrepertoire der Alt-Petersburger Ballettschule, unerträglich.
Riegler strich um das Gebäude. Nach und nach verloschen die Lichter, die Menschen verliefen sich. Die Musiker, an ihren schwarzen Instrumentenkästen kenntlich, verließen als erste das Haus. Dann kamen die Tänzerinnen, untergehakt, zu zweit oder zu dritt, lachten, riefen sich Scherzworte zu und schritten federnd ins Dunkle davon. Die Männer entfernten sich langsam, mit dunklen, weichen Stimmen und offenen Hemden.
Allmählich wurde es still. Der kleine Platz wuchs durch sein Schweigen. Hatte Erzsebet Bertalanffy überhaupt Rieglers Brief erhalten? Vielleicht war sie längst durch einen anderen Ausgang davongegangen.
Plötzlich erschien sie in der schmalen Pforte. Sie stand noch eine Weile mit einem Mann und einer Frau ins Gespräch vertieft, dann küßte sie die beiden auf die Wange und kam auf Riegler zu. Sie winkte fröhlich und schleppte eine schwere Tasche.

»Also da sind Sie ja. Ich schaue leider schrecklich alt aus.«
»Sie haben wunderbar getanzt, gnädige Frau!«
»Ach was, wie meine eigene Großmutter. Können Sie mich nach Hause bringen? Mein armer Adler ist nämlich leider wieder kaputt, ich glaube, diesmal für immer.«
»Joi, Istenem!« rief sie aus, als sie seinen Wagen erreichten. Sie ließ die Tasche fallen und schritt bewundernd um das Fahrzeug herum, betastete Heckflossen, Chromteile und Scheinwerfer mit zärtlichen Händen.
»Wieviel kostet dieser Wagen?« fragte sie schließlich. Riegler nannte den Preis. »Wie viele Forint sind das?«
»Ungefähr 90 000.«
»90 000!« wiederholte sie. »Dafür muß ich zwei Jahre arbeiten. Sie sind aber reich!«
Innen bestaunte sie das Armaturenbrett und amüsierte sich über die vielen Knöpfe. »Was ist das?« Sie schaltete den Scheibenwischer ein. »Oh, Pardon!« entschuldigte sie sich. »Ich bin schrecklich neugierig. Und Sie können sich alle diese Knöpfe merken?«
»Das ist der Ventilator, mit Warm- und Kaltlufteinstellung sowie zwei Geschwindigkeitsstufen, hier die Nebelscheinwerfer, der Zigarettenanzünder, das Autoradio mit automatischer Sendertaste ...
»Espressomaschine gibt es keine?«

»Nein, leider, das haben nur die amerikanischen Wagen.«

»Ah, diese Amerikaner. Sie sind Cowboys, aber praktisch.«

»Wie lange tanzen Sie eigentlich schon?«

»Seit meiner Großmutter. Sie war eine berühmte Operettendiva. Dann hat sie den reichsten Mann von Transylvanien geheiratet. No, alles, was in Budapest Rang und Namen gehabt hat, ist mit ihr schlafen gegangen. War Ehrensache! Leider, ich bin nicht so begabt.«

»Aber Sie haben doch eine große Karriere gemacht!«

»Nur im Beruf, nicht im Privatleben. Mein erster Mann ist weggegangen. Hat wahrscheinlich recht gehabt. Ich war immer müde, vom vielen Tanzen, wenn er mich hat küssen wollen und so weiter, Sie verstehen ...«

»Und Sie haben nie daran gedacht, noch einmal zu heiraten?«

»Ist wenig Auswahl. Parteibonzen mag ich nicht. Die Kollegen haben kcin Interesse an Frauen. Was bleibt? Die Ärzte sind alle Schweine, und reiche Juden gibt es nicht mehr. Nur mehr arme. Meine Großmutter hat es viel leichter gehabt als ich. – Was machen Sie eigentlich, Sie Kapitalist?«

»Ich arbeite auf der österreichischen Gesandtschaft.«

»Also Sie stellen Visa aus und nehmen uns armen Ungarn dafür Geld ab?«

»So ungefähr kann man es natürlich sehen!« lachte er. »Wir haben aber auch andere administrative Angelegenheiten zu erledigen.«

»Von Administration verstehe ich gar nichts. Gott sei Dank! – Sie sind eigentlich mehr ein Intellektueller, ein Grübler.«

»Da haben Sie recht!« rief Riegler aus und fühlte sich ertappt. »Wissen Sie, welches mein Hobby ist? Das Schachspielen.«

»Das Schachspielen! So ein Zufall – mein Vater ist Präsident vom Budapester Schachklub. Sie müssen ihn einmal kennenlernen. Er ist ein sehr lieber, alter Herr. Spintisiert ein bisserl zu viel. Aber, sagt er, so kann er das Leben leichter ertragen. Glücklicher Mensch! Wenn *ich* nachdenke, werde ich ganz verrückt.«

»Wo haben Sie eigentlich so gut deutsch gelernt?«

»Von meiner Großmutter.«

»Na, die war ja wirklich außerordentlich vielseitig!«

»Ach, ich habe viel vergessen. Die Großmutter ist schon lange tot. Jetzt ist russisch ziemlich wichtig für uns.«

»Hier wohne ich.« Sie hielten vor einer Villa am Fuße des Janosberges. »Das Haus hat einmal uns gehört.«

»Darf ich Sie wieder abholen?« Aus seiner

Stimme klang die Enttäuschung, daß ihr erstes Rendezvous von so kurzer Dauer war. Diese Enttäuschung rührte sie, und sie sagte daher:
»Erwarten Sie mich übermorgen bei der Oper.« Sie warf dem Wagen eine formvollendete Kußhand zu: »Von Ihrem Auto werde ich heute nacht träumen. Auf Wiedersehen!«
Damit verschwand sie im Garten.

Erzsebet Bertalanffy stand am Fenster und dachte an den österreichischen Diplomaten. Er ist ein wenig klein, aber wenn er mich heiratet, könnte ich von hier weg. Ich müßte es riskieren und mit Ernö brechen.
Die Nacht war unsicher, die großen Bogenlampen warfen trügerische Kreise auf den Asphalt.
Es gibt nicht nur Licht und Schatten, dachte sie, man lebt irgendwo dazwischen. Es gibt kein *Du sollst* oder *Du sollst nicht.* Will ich überhaupt weg von hier? Pah, diese stinkende Oper, diese Fahrten in die Provinz, um Geld zu verdienen. Im Westen stehen die Chancen, Geld zu verdienen, wenn man begabt ist, zehn zu eins. Aber ich hänge nicht einmal so sehr am Geld. Und das Tanzen? In vier, spätestens

fünf Jahren ist ohnedies alles vorbei. Manchmal glaube ich, daß mir nicht nur die Vitamine fehlen, wenn mir ein Sprung mißlingt. Ich brauche Sonne, frische Luft. Ich müßte reisen, ans Meer – aber nicht nach Varna oder nach Sotschi.

Sie hörte hinter sich eine Bewegung. Ihre Mutter brachte ihr den Kaffee, lächelte ein wenig verschlagen.

»Danke, Angyikam«, sagte die junge Frau und wickelte sich fester in ihren Bademantel. Es freute sie, daß sie sauber war, daß sie gut roch. Mit jedem Bad schien ein neues Leben zu beginnen.

»Imre hat heute abend wieder miserabel dirigiert. Er hat nur auf die Evi geschaut statt in die Partitur. Jeder zweite Einsatz war geschmissen.« Sie lächelte. »Er ist noch immer ganz verliebt in diese Hure, obwohl sie ihn schon längst mit dem Ögyi betrügt.«

»Die Evi versteht sich wenigstens aufs Leben«, entgegnete die Mutter, »nicht so wie du. Der Ernö nützt dich nur aus.«

»Vielleicht«, sagte Erzsebet und lächelte weiter. »Aber vielleicht bekomme ich durch ihn einen Paß!«

»Du willst also ins Ausland fahren?«

»Wer möchte das nicht in Budapest? Du doch auch! Die Frage ist nur, ob man eine Bewilligung bekommt.«

»Und würdest du wieder zurückkommen?« fragte die Mutter lauernd.
»Anyikam, edes«, sie küßte die Mutter auf die Wange, »du weißt, daß ich mich niemals von euch trenne.«
»Von Pali vielleicht nicht, aber von mir ...?«
»Du redest heute nichts als Unsinn. Geh schlafen, es ist schon spät.« – Dann hielt sie ihre Mutter noch einmal zurück: »War Pali brav? Hat er ordentlich gegessen?«
»Ja. – Vor dem Einschlafen hat er gefragt: Kommt die Mami heute wieder so spät nach Hause? – Ich hab' ihm erzählt, daß du wieder die Schwanenkönigin bist.«
»Ach ja«, seufzte Erzsebet, »die Schwanenkönigin. Manchmal möchte ich ganz etwas anderes sein, aber ich weiß nicht was. Eine Wolke vielleicht ...«
Als ihre Mutter gegangen war, löschte sie das Licht und legte sich im Finstern zu Bett. »Und jetzt bin ich ganz allein«, dachte sie. Dann fiel sie in einen tiefen, traumlosen Schlaf.

Der Kabinettskurier war die Nabelschnur, welche die Gesandtschaft mit dem Ministerium verband, neben dem Telephon (das aus Sparsamkeitsgründen allerdings nicht benutzt werden durfte) und dem Telegraphenamt. Der Kurier überbrachte die Dienstpost, die sogenannten »herablangenden Erlässe«, wie die Weisungen der Zentrale an die Vertretungsbehörden hießen. Darüber hinaus oblag dem Kurier die Beförderung jener zahllosen Gepäckstücke (»Colli«), welche die diversen Amtsnotwendigkeiten enthielten. Eine Kurier-Konsignation, also das Verzeichnis der übermittelten Gegenstände, sah etwa folgendermaßen aus:

1 Erg. Sendg. »Öst. Recht« 4 Lfg.
1 Gartenschlauch
500 Stk. Reisepässe Serie C 1004-100-600
4 Pckgen Rattengift
2 Nebelleuchten
1 Bild (Bds-Präs.)
Div. Ztgen u. Zeitschriften
36 Rollen Toilettenpapier
1 Stk. Augarten Reiter (Bruchersatz)
usw.

Ein Teil dieser Gegenstände war in riesigen Depeschensäcken verpackt, die aus schwerem Segeltuch bestanden und mit einer Aufschrift in schwarzen Lettern: CHANC. FED. AFF. ETR. versehen waren.

Unerlaubter-, aber geduldeterweise diente der Kurier auch der Versorgung des Personals mit Waren, die in Budapest nicht erhältlich waren, wie Orangen, Bandnudeln, Trockenaspik,

Tampons ect. Insofern sah man dem Eintreffen des Kuriers mit freudiger Erwartung entgegen. Auch die Privatpost war willkommen (»die Grüße der Lieben aus der Heimat«, wie der Kanzleileiter spottete); zuallererst riß man die Kuverts mit den Bankauszügen auf, die Aufschluß über die Ersparnisse gaben. (»Der Riegler«, so der Kanzleileiter, »streichelt jedesmal seinen Kontostand«.)
Andererseits war der Kuriertag auch gefürchtet. Die An- und Abreise des Kuriers bestimmte den Rhythmus des Dienstbetriebes. Auf Phasen wilder Hektik folgte allgemeine Erschlaffung. Riegler wetterte: »Zuerst wird genudelt und dann wird gehudelt. Es fehlt an der Einteilung! Jeder denkt, bis zum Kuriertag ist eh noch genug Zeit, und dann wachsen uns die Akten über den Kopf. Wenn der Chef zu allem Überfluß noch ein Chiffretelegramm absenden will, ist das Chaos perfekt.« Die Sekretärinnen verteidigten sich: »Die Herren diktieren erst im letzten Augenblick, wenn der Zellenberger schon die Kurierpakete versiegelt. Wie sollen wir da fertig werden?« Tatsächlich kam es an den Kuriertagen nicht selten zu Brüllszenen, Schreikrämpfen und Tränenausbrüchen. Der Gesandte war der einzige, der die Dinge gelassen nahm: »Was wichtig ist, hat Zeit. Nur der Journalist rennt, wie schon sein Name sagt, den Tagesereignissen nach. Da

meine Berichte Archivwert haben, spielt es keine Rolle, ob sie eine Woche früher oder später abgefertigt werden.«

Eines Tages wurde die Ankunft von Legationsrat Bärnhäusl als Kurier angekündigt. Selbst Riegler stöhnte: »Der hat uns gerade noch gefehlt!« Die Damen rangen die Hände, Pipike erklärte: »Ich melde mich krank.«

Sternberg wurde beauftragt, Bärnhäusl zu betreuen, das heißt, ihm die Stadt zu zeigen und bei allfälligen Besorgungen an die Hand zu gehen. Die höheren Dienstränge pflegten sich nach Antiquitäten umzusehen, Salami kauften alle ein, während das sogenannte kleine Personal eine Vorliebe für Krimsekt zeigte, der als Weihnachtsgeschenk sehr begehrt war.

Der Besuch Bärnhäusls stand unter schlechtem Vorzeichen. Sein Zug hatte vier Stunden Verspätung. Dann stellte sich heraus, daß Bärnhäusl einen Depeschensack in Wien vergessen hatte, der ausgerechnet die vom Gesandten bereits dringlich erwarteten Artischocken enthielt.

Auf der Gesandtschaft stiftete der Legationsrat Bärnhäusl sofort Unfrieden. Er begann, die Sekretärinnen zu photographieren, was teils Heiterkeit und spöttische Bemerkungen, teils Unwillen auslöste. Besonders Fräulein Rümler zeigte sich kratzbürstig. Bärnhäusl hatte es indessen auf Fräulein Nessel abgesehen, deren

Körpergeruch ihn offenbar inspirierte. Als die Damen, von den Blitzlichtern Bärnhäusls halb erblindet, nicht mehr posieren wollten, kam es zu einem Vater-Vater-leih-mir-d'Scher-Spiel von Schreibtisch zu Schreibtisch, bis Riegler, der den Lärm und das Kreischen gehört hatte, energisch einschritt.
Er führte Bärnhäusl in das Büro Sternbergs. Dieser bemühte sich redlich, den Kurier mit heiteren Geschichten aus Paris bei Laune zu halten, und stellte eine Flasche Cognac auf den Tisch.
»Remy Martin VSOP ist der einzige Cognac, den man trinken kann. Martell, Hennessy und wie diese Sorten alle heißen«, Sternberg rümpfte die Nase, »nicht der Rede wert.«
Bärnhäusl rühmte den guten Geschmack des Attachés, es gebe unter den Jungen eben doch noch Herren, die wüßten, was sie ihrem Metier schuldig seien. Dem Getränk sprach er recht kräftig zu. Als Sternberg für eine Weile das Zimmer verließ, um mit dem Gesandten zu konferieren, trank Bärnhäusl die ganze Flasche aus. Erich bemerkte zunächst nichts, erst allmählich fiel ihm eine Veränderung im Gebaren des Legationsrates auf, eine extreme Unbekümmertheit, die sich z. B. darin äußerte, daß Bärnhäusl Aktenstücke vom Schreibtisch wischte und frisch angezündete Zigaretten zu Boden fallen ließ.

Plötzlich erhob sich Bärnhäusl und verlangte, ein Bad zu nehmen. »Aber mit einer Bajadere!« verkündete er laut. »Vielleicht mit dem Fräulein Nessel. Ich möchte mich gerne in die Nessel setzen, ha-ha-ha ...«
Das Telephon klingelte. Während Sternberg sprach, verschwand Bärnhäusl. Erich ließ den Hörer fallen und stürzte dem Legationsrat nach; dieser stand tatsächlich im Badezimmer und hatte sich bereits halb ausgezogen. Sternberg redete beschwörend auf Bärnhäusl ein.
»Du bist ein komischer Mensch«, sagte Bärnhäusl, »du willst mich daran hindern, sauber zu sein. Reinlichkeit ist die erste Pflicht des Diplomaten! Wie bist du überhaupt ins Außenministerium gekommen? Wahrscheinlich mit ÖVP- oder mit SPÖ-Protektion!« Damit steckte er den Kopf unter die Brause.
»Aber Herr Legationsrat, so zieh doch wenigstens das Hemd aus!«
»Mein reines Hemd ist besser als deine saubere Weste!« sprudelte Bärnhäusl unter dem Wasserstrahl hervor. Er gurgelte und spuckte in die Badewanne. Sternberg stand eine Weile ziemlich ratlos, aber das kalte Brausebad schien seine Wirkung nicht verfehlt zu haben. Bärnhäusl gab sich vernünftiger und trocknete sich sogar ab, ehe er wieder in seinen Anzug schlüpfte.
»Ich glaube, wir unternehmen jetzt eine klei-

ne Stadtrundfahrt«, schlug Sternberg vor. »Aber mein Lieber, ich kenne Budapest in- und auswendig. Gib dir keine Mühe, mich interessiert weder eure Margaretheninsel noch eure Zigeunermusik. Hast du noch einen Cognac?«

Sternberg verneinte.

»Ich habe mich in dir getäuscht! Zu meiner Zeit hätte es das nicht gegeben, einem Legationsrat eine Flasche Cognac abzuschlagen. Du wärest abberufen worden! Wegen nicht widmungsgemäßer Verwendung deiner Repräsentationszulage, für welche der Diplomat standesgemäß Alkoholika anzuschaffen hat. Ich werde den Riegler fragen, ob er uns noch etwas Stoff liefern kann!«

Riegler erklärte mit eisiger Miene, er habe prinzipiell keinen Alkohol im Büro.

»Dann muß uns der Chauffeur eine Flasche Barack holen.«

»Der Farkas ist jetzt in der Stadt unterwegs.«

»Also macht's, was ihr wollt's, – ich hab' Durst!«

Mit diesen Worten begab sich Bärnhäusl wieder nach unten, um, wie er sich ausdrückte, die Schreibstube zu infizieren.

Nach kurzer Zeit konnte niemand mehr arbeiten, das Büro glich einem aufgescheuchten Ameisenhaufen. Selbst Frau Wegenstein gelang es nicht, Bärnhäusl zu besänftigen. Das

Objekt der legationsrätlichen Annäherungsversuche war eindeutig Fräulein Nessel. Bärnhäusl blickte ihr über die Schulter ins Dekolleté und lud sie ein, auf sein Gut zu kommen. »Ich habe 25 Elberländer Kühe, eine prächtiger als die andere. Sie werden alle mit einem einzigen Apparat gemolken, dem ALPINA-Melkautomaten.«

»Aber gehn's, Herr Legationsrat, ich paß wirklich nicht in einen Kuhstall!« antwortete Fräulein Nessel kokett.

Zum allgemeinen Entsetzen entdeckte Bärnhäusl in einem Aktenschrank eine Flasche Slivovitz. Der Kanzleileiter, Böses ahnend, Böses fördernd, brachte eilig Gläser herbei. Bärnhäusl trank zwar den Löwenanteil an der Flasche, bald tat aber der Alkohol auch bei den Damen seine Wirkung: Sie begannen zu kichern und zu kreischen. »Sie krischen« hätte der Gesandte mit seiner Vorliebe für starke Beugungen gesagt.

Durch den Lärm aufgescheucht, erschien Riegler auf der Bildfläche. Er geriet außer sich vor Wut: »Sofort an die Arbeit!« Dann packte er Bärnhäusl unsanft am Arm und führte ihn aus dem Zimmer.

Im Warteraum stießen sie auf den Amtsgehilfen Zellenberger. Er stand schwankend inmitten zahlloser Kurierpakete und befeuchtete den Siegelstock mit Slivovitz, daß es zischte.

Als er die beiden gewahrte, stach er mit einer Stange Siegellack Kreise in die Luft und sagte: »Ein fei-feiner Herr, der Herr Legationsrat aus Wie-Wien, und so gediegen!«
Unter unbeschreiblichem Tumult wurde schließlich die Kurierpost verschlossen und versiegelt. Es gab etliche Pannen: Die politischen Berichte, auf die Riegler so großen Wert legte, wurden an die Gesandtschaft Sofia adressiert. Die Privatkorrespondenz des Gesandten, darunter sein Beschwerdebrief wegen der nicht eingelangten Artischocken, blieb überhaupt liegen. (Der Kanzleileiter entdeckte die Briefe am nächsten Morgen im Ablagekästchen und warf sie in den Aktenwolf, da er einer peinlichen Befragung durch den Gesandten aus dem Weg gehen wollte.)
Zermürbt verließen Riegler und Sternberg gegen halb neun Uhr das Amtsgebäude, den Legationsrat Bärnhäusl hatten sie wie einen Arrestanten untergehakt.
Sie begaben sich in Rieglers Wohnung, um ein Abendessen einzunehmen. Abendessen war vielleicht zu viel gesagt: Es gab Butterbrot mit Salz, dazu kleinwürfelig geschnittene Csabaja, eine Wurstsorte, die aus Fleischresten, Bindegeweben und Paprikawürze bestand. Riegler rühmte seine Ware: »Eine ungarische Spezialität, viel pikanter als Salami.« Sternberg haßte die Csabaja ganz besonders, da sie nach

Maggiwürfel schmeckte und einem die Fasern des Bindegewebes oft tagelang zwischen den Zähnen steckenblieben.
Bärnhäusl schien die Dürftigkeit des Mahles nicht zu bemerken und bemächtigte sich einer Flasche Whisky. Riegler wollte den Whisky mit Soda aufspritzen, aber Bärnhäusl winkte ab:
»Danke vielmals. Bei Whisky bin ich Purist. Aber wenn ihr lieber Whisky-Soda trinken wollt: Ich hab' nichts dagegen!«
Riegler blickte grimmig drein und trank ostentativ Coca-Cola. Plötzlich sagte Bärnhäusl:
»Ich hab' Zahnschmerzen!«
War das ein neuer Vorwand, um den Alkoholkonsum fortzusetzen? Bärnhäusl wankte ins Badezimmer, er wolle sich, gab er an, einer weiteren »Gehirnwäsche« unterziehen. Als er zurückkam, war seine linke Backe angeschwollen.
»Habt ihr nicht ein schmerzstillendes Mittel?« fragte Bärnhäusl etwas kleinlaut. Riegler brachte einige Pillen, die der Legationsrat gehorsam schluckte. Dann trank er wieder Whisky pur.
Die Stimmung schlug plötzlich um, es wurde ungemütlich. »Lieber das Geschwätz Bärnhäusls anhören, als sein schmerzverzerrtes Gesicht sehen!« dachte Sternberg.

»Ich spüre die Schmerzen schon im Genick!« stöhnte Bärnhäusl.
Sternberg blickte Riegler fragend an. Es war jetzt fast elf Uhr, der Zug nach Sofia ging um 0.35 Uhr.
»Ich kenne einen Zahnarzt«, sagte Riegler, »vielleicht kann er uns helfen. Aber rasch!«
Sie verstauten den wimmernden Bärnhäusl inmitten der Kurierpakete und Depeschensäcke im Auto Rieglers und fuhren los.
Vaci-Gasse 7. – Riegler läutete Sturm. Endlich öffnete ein verschlafener Hausbesorger. Riegler drückte ihm sofort einen Geldschein und ein Paket amerikanischer Zigaretten in die Hand.
»Zu Dr. Szalontay!« erklärte Riegler und wies auf die geschwollene Backe Bärnhäusls. Der Hausbesorger blickte sie merkwürdig an, geleitete sie aber ohne weitere Fragen zum Lift.
An der Türe Dr. Szalontays mußten sie neuerlich warten. Schließlich hörten sie ein Geräusch, als ob sich vorsichtige Schritte der Türe näherten.
»Ich bin es, Dr. Riegler. Wir bringen Ihnen einen Patienten. Sein Zustand ist kritisch!«
Ein Schloß schnappte, die Tür wurde aufgezogen, – vor ihnen stand Dr. Szalontay im Schlafrock.
»Verzeihen Sie die späte Stunde, wir haben es sehr eilig, der Zug nach Sofia geht in einer Stunde!«

»Sie sind mein letzter Patient«, sagte der Doktor leise. »Meine Ordination ist ab morgen geschlossen. Für immer. Verbot der Berufsausübung. Ich hatte offenbar zu viele kapitalistische Patienten«, fügte er mit einem resignierenden Lächeln hinzu. »Aber Sie haben Glück, bis Mitternacht darf ich noch ordinieren.«
Eine kurze Untersuchung genügte: »Der Bakkenzahn muß heraus. Leider kann ich keine Injektion geben. Es wird ein bißchen weh tun.«
»Ohne Injektion?« jammerte Bärnhäusl.
»Du bist eh besoffen!« fuhr ihn Riegler an, indessen Dr. Szalontay beruhigte: »Wenn mir Ihre Freunde helfen, wird alles gutgehen!«
Während Riegler und Sternberg den Legationsrat auf den Sitz niederdrückten, arbeitete Dr. Szalontay rasch und geschickt. Bärnhäusl schrie zwar einige Male auf, verhielt sich aber ansonsten recht tapfer.
Plötzlich ein Knirschen und ein Ruck, nachdem der Arzt noch einmal kräftig in die Mundhöhle Bärnhäusls hineingelangt hatte.
»Da ist er ja, ein durch und durch eitriger Bursche, aber sauber gezogen!« In professionellem Triumph hob Dr. Szalontay den blutigen Stummel in die Höhe, damit ihn alle sehen konnten.
Angewidert, mit schwacher Stimme, stieß

Bärnhäusl hervor: »Zum Teufel mit ihm!«
»Spülen Sie aus! Der Schmerz wird gleich nachlassen«, meinte Dr. Szalontay.
»Fühlst du dich schon besser?« fragte Riegler.
»Fast schon wie im Paradies!«
»Dann komm! Es ist höchste Eisenbahn, wir haben gerade noch zwanzig Minuten Zeit bis zur Abfahrt des Zuges.«
»Zahlen Sie mir in Zigaretten«, sagte Dr. Szalontay. »Ich komme morgen auf die Gesandtschaft. Jetzt habe ich ohnedies genug Zeit.«
»Wir schaffen es noch«, meinte Riegler, als sie wieder im Auto saßen.
Hinter dem Technologischen Gewerbemuseum stießen sie auf eine Umleitung. Riegler verlor in den unbeleuchteten Seitengassen die Orientierung und stand plötzlich vor einer Fabrikmauer.
»Zurück!« Riegler nahm sich nicht Zeit zum Wenden, sondern raste im Rückwärtsgang aus der Sackgasse. Durch Zufall stießen sie wieder auf die Rakoczi-Straße, und Riegler gab Vollgas.
Als sie den Ostbahnhof erreichten, waren es genau zwei Minuten bis zum Abgang des Zuges.
Sie rafften die Kurierpakete zusammen und schulterten die Depeschensäcke, dann stürmten sie die Stiegen zur Bahnhofshalle empor.
An der Sperre stand ein Angestellter der Schlafwagenkompanie mit seiner tröstlich-

vertrauten braunen Uniform und gestikulierte heftig. In diesem Augenblick setzte sich der Zug in Bewegung.

»Scheiße!« rief Riegler aus tiefstem Herzensgrund. »Wenn in diesem Land einmal ein Zug pünktlich abgeht, kommt man zu spät!«

Sie hatten allerdings noch eine Chance. Der Zug hielt in einem Vorortbahnhof, um einen Gegenzug passieren zu lassen, da die Strecke wegen Umbauarbeiten nur eingleisig befahrbar war. Trafen sie rechtzeitig ein, würde man Bärnhäusl sicherlich zusteigen lassen. Sie mußten alles daransetzen, den Zug zu erreichen, denn ein Teil des Kuriergepäcks war bereits im Laufe des Nachmittags verladen worden; es unbegleitet zu befördern, wäre ein schwerer Verstoß gegen das Kurier-Reglement gewesen, der für Bärnhäusl disziplinäre Folgen gehabt hätte.

Die Fahrt war halsbrecherisch. Zu allem Überfluß fiel Nebel ein, der das Scheinwerferlicht in wallenden Schwaden zurückwarf. Fast hätten sie ein unbeleuchtetes Pferdefuhrwerk gerammt, das an einer Straßenbeuge abgestellt war, – Leichenwagen nannte man diese Fahrzeuge, den Schrecken der Autofahrer.

Sternberg hielt das Handpaket umklammert. Hinter ihm, auf den Depeschensäcken, kauerte Bärnhäusl und stöhnte. »Du Trottel!« dachte Erich nicht ohne Mitgefühl.

Sie hatten Glück: Der Zug stand da, ungeduldig in der Dunkelheit schnaubend. Der Stationsvorstand war gerade im Begriff, das Zeichen zur Abfahrt zu geben, als Riegler herbeistürzte: »Osztrak Követseg – Österreichische Gesandtschaft!« brüllte er. »Courrier Diplomatique!« Der Mann zeigte Verständnis; der Grundsatz LEBEN UND LEBEN LASSEN bewährte sich, zumal einige Dollarscheine ihren Besitzer wechselten.
Mit Hilfe des Schlafwagenschaffners wurden Bärnhäusl, die Kurierpakete und die Depeschensäcke in das Schlafwagenabteil gestopft. – »Ich glaube, wir haben alles verstaut!« rief Sternberg schließlich. – »Auch das Handpaket?« – »Ja!« – Riegler und Sternberg sprangen aus dem Waggon. Bärnhäusl zeigte sich nicht mehr am Fenster. Als der Zug anrollte, erbrach er sich mehrmals über den Depeschensäcken.

Riegler ließ die weiße Königin los. Dann ergriff er die Figur wieder und stellte sie auf den ursprünglichen Platz zurück.
»Soll ich oder soll ich nicht?« Der Gegenstand seiner Frage war Erzsebet Bertalanffy. Er hatte heute keinen Kopf für Schachprobleme. Der

außereheliche Beischlaf war Sünde. Das stand fest. So hatte er es im Religionsunterricht gelernt. »Schon die Berührung einer Frau, die man nicht liebt, ist ein peccatum.« Hier ging die Kirche wohl etwas weit. Und was ist schließlich Liebe? Aber verwarf man einen Satz, stürzte das ganze Gebäude zusammen. »Es gibt kein partielles Christentum. Privathäresien sind ausgeschlossen.« Riegler war sich mit dem Studentenseelsorger darüber stets einig gewesen.

»Soll ich oder soll ich nicht?« Sternberg war von solchen Skrupeln frei, er hatte sicherlich schon längst mit Mary geschlafen. Riegler sah auf. Dort drüben lag, fein säuberlich von Frau Wegenstein getippt, das Manuskript seiner Rede für die Wallfahrt der Bauernorganisation nach Mariazell. Wie würde er vor diesen braven, katholischen Familienvätern sprechen können, wenn ...

Er hätte eigentlich längst heiraten sollen. Seine Mutter verfolgte seine Junggesellenpfade schon seit Jahren mit Sorge und Argwohn. Ihr sehnlichster Wunsch wäre es gewesen, ihn als wohlbestallten Familienvater zu sehen. Und auch die Freunde seiner Studentenjahre nannten ihn spöttisch, aber doch vorwurfsvoll, einen asozialen Genießer. Er hatte zwar die Formel: ›Ein guter Christ ist, wer viele Kinder hat‹, stets als absurd zurückgewiesen, ein

Stückchen Wahrheit steckte aber wohl dahinter. »Soll ich oder soll ich nicht?« Erzsebet Bertalanffy war natürlich keine Frau zum Heiraten. Aber dann stellte er sich ihr Gesicht mit den hellen Augen vor und lächelte. Vielleicht hatte der heilige Paulus das sechste Gebot doch etwas zu streng aufgefaßt?

Indessen war noch etwas zu bedenken: Neben den moraltheologischen Überlegungen gab es noch eine andere, sozusagen praktische Seite des Problems: Was geschah im Falle einer Schwangerschaft? Theoretisch bestanden drei Möglichkeiten: Zwangsheirat, uneheliche Geburt, Abtreibung. Höchst unangenehm, höchst verwerflich, Fall drei sogar kriminell, obwohl nach der ungarischen Gesetzgebung die Schwangerschaftsunterbrechung erlaubt war; dem Vernehmen nach fuhren Damen der Wiener Gesellschaft zu diesem Zweck sogar nach Budapest. Riegler schüttelte es bei diesem Gedanken.

»Soll ich oder soll ich nicht?« – Riegler dünkte sich erst am Anfang eines langen Weges, aber die Entscheidung fiel rascher als er glaubte.

Riegler hatte Erzsebet Bertalanffy zu einer Autopartie an den Plattensee eingeladen.

In Stuhlweißenburg machten sie Halt, um einen Espresso zu trinken. Die Leute im Lokal starrten sie an. Erzsebet war offenbar eine nationale Berühmtheit. Ein etwa zehnjähriger Bub löste sich aus einer Gruppe von Gästen, kam auf sie zu und bat um ein Autogramm.
Hinter Stuhlweißenburg wurde die Landschaft vollkommen flach. »Außer den Vögeln gibt es in der ungarischen Tiefebene keine Erhebungen«, sagte Erzsebet. »Behauptung meiner Großmutter«, fügte sie hinzu.
Riegler blieb ernst. »Die Gegend erinnert mich an meine Heimat. Nur ist dort, wo ich zu Hause bin, im Tullnerfeld, der Himmel nicht so weit weg. Die Auwälder begrenzen den Blick.«
Kornfeld reihte sich an Kornfeld. Riegler liebte die Weizenfelder vor dem Schnitt, liebte das blonde Gewoge, in das der Wind hineinfühlte. Ein Gedicht fiel ihm ein, das er in seiner Gymnasialzeit verfaßt hatte:

Des Himmels Bläue
Ist ohne Reue.
Lindenbäume, ins Nichts gestellt,
Duften dennoch eine Weile.
Und der Herbst kommt ohne Eile.

»Was gefällt Ihnen in Ungarn am besten?« fragte Erzsebet.
»Daß ich Sie gefunden habe.«

»Erzählen Sie das dem Zentralkomitee! Sind alle Österreicher solche Schmeichler?«

»Nicht nur alle Österreicher, sondern alle Männer würden an meiner Stelle so antworten, gnädige Frau.«

»Sie können ruhig Erzsi zu mir sagen. Meine Mutter findet, daß Sie so etwas Zielbewußtes und Gewissenhaftes haben, sie prophezeit Ihnen eine große Karriere.«

»Leute, die klein sind, müssen durch das, was sie erreichen, größer werden.«

»Sie sind doch gar nicht so klein«, protestierte sie. »Außerdem sagt ein ungarisches Sprichwort: Kleine Fische, gute Fische.«

Riegler, der die wahre Bedeutung des Sprichwortes kannte, mußte lachen: »Vielleicht habe ich also doch eine Chance bei Ihnen.«

»Also, auf das müssen Sie selber draufkommen. Haben Sie in Wien viele Frauen gehabt?«

»Ich glaube, ich muß Sie enttäuschen.«

»Aber Sie sind doch nicht abnormal?«

»Nein!« – Riegler versuchte etwas schulbubenhaft, sich zu rechtfertigen. »Wissen Sie, ich habe in meiner Jugend viel arbeiten müssen, Studieren und Geldverdienen zugleich. Wir im Westen sind nicht alle so reich, wie man im Osten glaubt. Außerdem habe ich mich mit Politik beschäftigt, Reden gehalten, Artikel geschrieben usw. Da bleibt einem

nicht viel Zeit für, na sagen wir, Vergnügungen ...«
In diesem Augenblick hupte ein Auto hinter ihnen, näherte sich in halsbrecherischer Geschwindigkeit. Am Steuer saß ein Mann und winkte: Es war Erich Sternberg. Neben ihm saß Mary und schüttelte kokett die Locken. Der Panhard schoß vorbei und davon.
»Wer war dieser Verrückte?«
»Ein Kollege von mir, der Attaché Sternberg.«
»Hat einen guten Geschmack.«
»Nicht immer.«
»Seine Frau?«
»Natürlich nicht.«
»Ts-ts-ts, und dieses weiße Sportcabriolet!« meinte Erzsi bewundernd. »Wie alt ist Ihr Freund?«
»Neunundzwanzig. Wollen Sie ihn kennenlernen?« fragte Riegler, um sich einen Anstrich von Großzügigkeit zu geben, die ihm abging. Erzsi sagte nichts, sondern lachte nur kurz auf – hatte sie seine Absichten schon durchschaut?

Sie lagen am Strand bei Siofok. Brütende, schlaff machende Hitze. »Kommen Sie, gehen wir ins Wasser!« Erzsi sprang auf und zog

Riegler zu sich hoch. »Warten Sie, ich hole den Ball aus meinem Wagen.«
Riegler, der zu seiner Zeit ein geübter, ja gefürchteter Völkerball-Spieler gewesen war, schoß den Ball weit hinaus.
Erzsi stieß den Walkürenschrei Hoitoho! Hoitoho! aus, dann stürmten sie beide in den See, bis sie nicht mehr weiter konnten und atemlos mit Kopf und Brust ins Wasser klatschten.
Während Riegler den Ball packte und festhielt, streiften Erzsis Knie die Innenseite seiner Schenkel. Hilflosigkeit überkam ihn, und er ließ sich langsam zurückgleiten. Das Knie war immer noch da und rieb sich schon weiter oben, dort wo die Badehose begann. Rasch preßte er die Beine zusammen. Erzsi war einen Augenblick gefangen, entzog sich aber durch eine geschickte Drehung.
Sie schwammen eine Weile Seite an Seite. Möwen umkreisten ihre Köpfe, ihre Körper waren umspült von lauer Wärme. Plötzlich sagte sie: »Genug!« drehte sich auf den Rükken und ließ sich treiben. Er sah das geblähte Rot ihres Badeanzuges, ihre schimmernden Beine, die sich öffneten und schlossen.
Als sie wieder am Strand lagen, schob er seine Hand in ihren Badeanzug. Ihre Brüste waren winzig, aber empfindlich. Bei ihrer Berührung zuckte sie heftig, beinahe schmerzhaft zusammen.
»Ich habe geglaubt, Sie können nur Schach

spielen!« sagte sie gereizt. Aber sie hielt still. Später, in der Schwüle des Wagens, küßte er sie.

Nach Budepest zurückgekehrt, folgte sie ihm ohne weiteres in seine Wohnung.

Er fiel nicht gleich über sie her. Nur nichts überstürzen, nur nicht mit der Tür ins Haus fallen. Stimmung ist alles. Also drehte er das Radio auf und fragte:

»Wollen Sie etwas trinken?« Das Du brachte er noch nicht über die Lippen.

»Ja – hast du einen Whisky? Ich habe noch nie im Leben einen getrunken.«

»Schmeckt scheußlich!« stellte sie fest. »Gib mir lieber einen Cognac.«

Als er aus dem Nebenzimmer kam, lag sie auf der Couch, verzehrte eine Banane und blätterte in einem Exemplar von Paris-Match.

»Diese Bananen sind wunderbar. Ich habe schon drei gegessen.« Damit warf sie ihm – nicht ohne Koketterie – die Schalen zu.

Er setzte sich zu ihr auf die Couch. Seine eigene Stimmung war jetzt ziemlich flau. Es irritierte ihn, daß sie so einfach las, oder vielmehr die Bilder betrachtete, denn offenbar verstand sie nicht französisch. Von Zeit zu Zeit gab Erzsi kurze Kommentare von sich: »Dieser Adenauer schaut aus wie meine älteste Handtasche!« – »Ich liebe sehr Yves Montand.« – »Was steht hier geschrieben?«

Riegler übersetzte, dann beugte er sich vor und versuchte, sie zu küssen.
»Ein verrückter Maler, dieser Miro. Gefällt er dir?«
Riegler wandte sich ab.
»Entschuldige«, sagte sie. »Paris-Match ist für mich sehr interessant. Gibt es in ganz Ungarn nicht. Aber dafür werde ich dich jetzt küssen.«
»Du mußt mir Zeit lassen«, war ihre Antwort auf sein Drängen.
Die Frage »Soll ich oder soll ich nicht« hatte für Riegler keinerlei Bedeutung mehr. Er versperrte das Manuskript für die Bauernwallfahrt nach Mariazell in seinem Schreibtisch und teilte dem Präsidenten des Organisationskomitees mit, daß es ihm infolge starker dienstlicher Inanspruchnahme leider nicht möglich sein werde, an der Veranstaltung teilzunehmen.

Der Walzer verklang, die Lichter im Tanzsaal flammten wieder auf. Sternberg führte Mary an den Tisch zurück.

»Wien, Wien, nur du allein ...«, sang Mary leise nach und legte ihre Hand auf Sternbergs Oberarm. Dann fuhr sie mit vorsichtigem

Zweifel in der Stimme fort: »Ihr Österreicher seid doch keine Deutschen?«
»Natürlich nicht!«
»Was seid ihr denn?«
»Ich weiß nicht recht. Vermutlich Tiroler, Wiener, Burgenländer usw. Professor Taras Kiwadowicz behauptet, Österreich sei ein Land ohne Geschichte und ohne Grenze. Es gebe nur eine Geschichte der Babenberger, eine Geschichte der Habsburger, eine Geschichte der Ersten Republik und so fort. Österreich, das sei halt die jeweilige Herrschaft. Und Grenzen habe Österreich erst recht keine. Tirol sei österreichisch, und dennoch gehöre ein Teil zu Italien. Dafür sei Österreich überall dort, wo Statuen des heiligen Nepomuk stehen, obwohl doch dieser Heilige gar nicht aus Österreich, sondern aus Böhmen stamme.«
»Aber Hitler«, warf Mary zögernd, mit Widerwillen ein, »Hitler war doch Österreicher.«
»Ja, aber er hat Österreich eine Geschichte und eine Grenze geben wollen, und zwar die deutsche, das war sein Fehler und sein Verderben.«
»Vielleicht hat England auch keine Grenzen und nur die Ausländer glauben, es sei eine Insel.« Mary machte eine Pause. »Meinem Vater würdest du gefallen, meiner Mutter weniger,

sie mag keine Männer, die handsome sind. Anyway, das ist jetzt nicht mehr wichtig. Ich reise morgen ab, for good. Ja, ja, so beruhige dich doch«, sagte sie, da Erich vom Tisch aufsprang. »Man hat mich nach Guatemala versetzt. Das ist unser letzter gemeinsamer Abend. Kennst du den irischen Segen? Meine Großmutter, die merkwürdigerweise Irländerin und daher katholisch war, hat ihn mir als Kind beigebracht:

May the road rise to meet you
And the wind always be at your back.
May the soft rain fall upon your face
And until we meet again
May God hold you in the palm of His hand.

Komm jetzt, bring mich nach Hause«, sagte sie in die Musik hinein, die mit voller Lautstärke einsetzte.

Nach Marys Abreise fühlte sich Sternberg »un peu flottant«. Er besuchte zwar nach wie vor die zahlreichen gesellschaftlichen Veranstaltungen, aber ohne innere Überzeugung, denn er fand, man sollte entweder arbeiten oder sich amüsieren, aber nicht beides gleichzeitig.

Auf dem Empfang anläßlich des rumänischen Nationalfeiertages lernte er Erzsebet Bertalanffy kennen. Der Sommertag war ziemlich schwül, und die Gäste atmeten schwer unter den alten Bäumen des Offiziers-Kasinos. Am Buffet herrschte das übliche Gedränge; die Kellner bahnten sich mit ihren versilberten Platten, die sie hoch über ihren Köpfen schwenkten, mühsam einen Weg durch die Menge. Es gab unter anderem Fleischkugeln, Schinkenstanitzel und Grammelpogatschen, auch die berüchtigte Csabaja fehlte nicht. Von den Eingeweihten sehnlich erwarteter Höhepunkt des Empfanges war caviar à la louche. Manch einer, dem es nicht gelang, des Schöpflöffels habhaft zu werden, fuhr mit dem Finger in die Schüssel, um etwas von dem fettigen, perlmuttglänzenden Manna zu ergattern. »Je mieser das Regime, desto aufwendiger die Feste«, konstatierte Sternberg.
Durch Zufall stieß er auf Riegler, der seinerseits Erzsebet Bertalanffy in einer Gruppe von Opernsängern, Schauspielern und Tänzern entdeckt hatte. Erzsi war sowohl als Erkel-Preisträgerin als auch wegen ihrer Großmutter, die ja aus Siebenbürgen stammte, auf die Einladungsliste des rumänischen Botschafters gesetzt worden.
»Mein Kollege Sternberg«, stellte Riegler vor.

»Ich habe Sie schon einmal gesehen«, sagte Erzsi. »Sie sind in einem weißen Sportcabriolet an uns vorbeigerast. Mit einer sehr hübschen Dame. Ist sie auch hier?«
»Leider nein. Sie wurde nach Guatemala versetzt.«
»Das ist schade. Waren Sie verliebt in sie?«
Sternberg errötete. – »Na, es geht mich wirklich nichts an«, sagte Erzsi. »Aber es steht Ihnen gut, wenn Sie rot werden.«
So wenig inhaltsschwer dieses erste Gespräch zwischen Erzsebet Bertalanffy und Erich Sternberg auch verlief, bildete es doch den Ausgangspunkt für weitere Begegnungen.
Riegler brachte Erzsi nach Hause. An der Gartentüre sagte sie: »Ich fahre für ungefähr eine Woche in die Provinz. Aber ich werde dir eine Ansichtskarte schicken. Aus Bekescsaba«. – »Wo ist Bekescsaba?« – »Na, dort, wo die Hunnen zum Attila gesagt haben: Reiten wir wieder nach Asien zurück!«
Erzsi blieb länger aus als erwartet. Riegler, der bereits entschlossen war, seinen Urlaub in Ungarn zu verbringen, fuhr nun doch nach Österreich, genauer gesagt ins Tullnerfeld, wo er sofort von seinen politischen Freunden mit Beschlag belegt wurde. Sein Onkel Aichinger machte ihm bittere Vorwürfe, daß er damals auf die Männerwallfahrt nicht mitgekommen

war. »Die Rede hat dann der Ottermaier gehalten, es war einfach fürchterlich. Du mußt dich mehr hineinknien, wenn du wirklich für den Nationalrat kandidieren willst.«

Die nächsten Tage vergingen mit Kellerbesuchen bei Verwandten und Freunden. Es wurde viel politisiert und besonders davon gesprochen, daß die »Sozis« mit der Zunahme der Nebenerwerbsbauern in Niederösterreich jetzt ihre Chance witterten, der ÖVP den Rang abzulaufen. Es sei höchste Zeit, daß etwas geschehe. »Der ÖAAB mit seinen Lehrern und Angestellten hat eh genug Akademiker, die steigen sich schon gegenseitig auf die Füß; mir, im Bauernbund, mir brauchen Studierte, g'scheite Leut wie dich, die was noch selber auf'm Feld mitgearbeitet haben.«

Unter dem Einfluß seines Onkels und des Alkohols trat der Gedanke, der Wunsch, Erzsi wieder in die Arme zu schließen, in den Hintergrund, zumal die versprochene Karte aus Bekescsaba zwar in Budapest einlangte, aber nicht ins Tullnerfeld nachgeschickt wurde.

»Laßt's mir noch ein bisserl Zeit«, meinte Riegler schließlich. »Bis wann muß ich mich denn entscheiden?«

»Na ja, du könntest jetzt auf ein paar Versammlungen sprechen, Gesichtsbäder beim Bauernbund-Direktor und den Außenstellenleitern nehmen, aber bis Martini müaßaten

mir schon wissen, ob der Wein a Wein wird oder a Staubiger bleibt.«
»Geht in Ordnung«, sagte Riegler. »Bis Martini habt's ihr meine Antwort.«

Glück, dachte Erich Sternberg, was ist Glück? Die »Kleine Nachtmusik« zum ersten Male hören, wie Onkel Schachinger gesagt hatte, oder zum erstenmal mit Erzsebet Bertalanffy schlafen? Aber war das erste Mal vom zweiten und dritten Mal so verschieden, daß man darauf eine Philosophie des Glücks aufbauen konnte? Glück als Numerus clausus, als magische Zahl, als die *Große Eins* – geriet man da nicht in die Fänge der Kabbalistik? Sternberg schüttelte den Kopf, als er die Frage entwicklungsgeschichtlich überdachte: Der erste Mensch als bester aller Menschen?
Dennoch, alles was geschieht, geschieht notwendigerweise einmal zum ersten Mal. Zwischen Sternberg und Erzsebet Bertalanffy geschah es an einem ruhigen Samstag nachmittag. Das Bestimmende war die Stille, die Nicht-Austauschbarkeit dieser Stille.
Nach dem Betreten der Wohnung hatte Sternberg die Eingangstüre mit einer hastigen Bewegung zugedrückt. Das Einschnappen des

Schlosses war das letzte Geräusch, das sie wahrnahmen, dann setzte die Stille ein. Sternberg nahm Erzsi ohne Zögern in die Arme. Sie versenkte ein wenig die Augen, dann half sie selbst nach, den Schlüpfer abzustreifen. Das Kleid behielt sie an, sie gingen nicht ins Schlafzimmer. Erzsi verhielt sich passiv, es war, als ob sie an etwas anderes dachte. Sonderbarerweise vermochte sich Erich später an den physiologischen Vorgang nicht mehr zu erinnern. Lust, Leid, Seelenhöhen und Seelentiefen scheinen bestimmt, vergessen zu werden. Was bleibt, sind Details. Bruchstücke ihres Gesprächs blieben Sternberg für immer im Gedächtnis haften.

Törichterweise stellte er die Frage: »War es schön für dich?«

Sie antwortete: »Du sollst nicht soviel fragen. Ich bin schon froh, wenn ich dabei nicht denke, ich muß mich nachher waschen.«

»Hast du schon mit anderen ... Ich meine außer mit deinem Mann ...?«

»Ihr stellt immer dieselben blöden Fragen: Wie war es? Wie viele hast du gehabt? Willst du, daß ich sage, du bist der Zweite? Ich weiß, es gibt Frauen, die das sagen, aber für mich ist jeder Mann der letzte ...«

»Also du liebst mich doch?«

Sie schwieg eine Weile. Dann legte sie ihren Zeigefinger auf seinen Mund und sagte:

»Noch nicht. Sei mir nicht böse. Ich muß erst Fehler bei dir finden. Falten in deiner Seele. Du bist mir noch zu glatt. Vielleicht kann ich dich erst lieben, wenn eine große Traurigkeit in dein Leben kommt. Vielleicht liebe ich dich erst, wenn du weggegangen bist und ich weiß, daß du nicht mehr zurückkehrst. Die Liebe ist wie das Christkind: Man muß warten, bis es da ist.«

Der Attaché Erich Sternberg hatte sich in letzter Zeit verändert. Es erging ihm wie einem Blatt, das sich verfärbt hatte, oder wie Lakmus-Papier, das mit einer Säurelösung in Berührung gekommen war: Das Gewebe, die Textur, blieben gleich, aber die Verfärbung betraf jede einzelne Faser.

Mit Riegler sprach er kaum. Er wußte nicht genau, wie die Liaison (falls man überhaupt von einer Liaison sprechen konnte) zwischen Erzsi und Riegler zu Ende gegangen war. Wer von den beiden »Schluß« gemacht hatte, würde man wohl nie erfahren, zweifellos aber hatte Sternbergs Erscheinen eine Rolle gespielt. Erich glaubte allerdings nicht, daß er Erzsi seinem Kollegen wirklich »ausgespannt« hatte, die beiden standen schon mit dem Rücken ge-

geneinander. Riegler hatte vermutlich Angst vor der eigenen Courage bekommen. Für flüchtige Begegnungen war er zu doktrinär, eine Ehe mit Erzsebet Bertalanffy schien ihm zu gewagt. Nicht nur seine Karriere als Diplomat stand auf dem Spiel, sondern auch – was weit schwerer wog – seine politische Zukunft. Erzsi hätte in katholischen Kreisen aus mehr als einem Grunde Anstoß erregt: Als Tänzerin, als Ausländerin, als geschiedene Frau. Mit Erzsis Katholizismus war es mehr als dürftig bestellt. Allerdings wäre einer kirchlichen Trauung nichts im Wege gestanden, da ihre erste Ehe nur standesamtlich geschlossen worden war. Im Grunde genommen, gestand sich Riegler in einer Anwandlung tieferer Selbsterkenntnis ein, nachdem er bis spät in die Nacht hinein die »Confessiones« des heiligen Augustinus gelesen hatte, im Grunde genommen wäre ihm eine Frau wie Erzsi auf die Dauer zu mühsam gewesen, zu »aufregend«. Das, was einem Politiker konservativen Zuschnittes frommte, war: ein intaktes Familienleben (auch wenn man wegen der politischen Verpflichtungen oft fern von zu Hause weilte), Erotik nach Hausmannsart, streng nach den Grundsätzen der Enzyklika »Casti Connubii« (Ehe als Instrument der Fortpflanzung), über allem aber die schöpferische Gewißheit, daß die Kinder in der treuen Obhut der Ehegattin, der »Sonne der Familie« (Pius XII) aufwuchsen. Die Wünsche, Kaprizen und Eskapaden einer attraktiven Frau lenkten nur ab von den Sorgen um die Allgemeinheit. Erzsi war zwar nicht vergnügungssüchtig und meistens todmüde, wenn sie von den Vorstellungen nach Hause kam, aber sie schlief lange und gut in den Tag hinein, sofern es ihr Programm erlaubte. Erzsi war lebhaft und unverdrossen, voller Espièglerien, ein patenter Kerl, aber sie mußte doch etwas von dieser verflixten, schönen Großmutter im Blut haben! Wer weiß, ob sie ihn nicht sehr bald betrogen hätte; schon beim ersten Zusammentreffen mit Sternberg hatte sie diesem Dandy schöne Augen gemacht. Wenn er, Riegler, es recht bedachte, liebte er Frauen mit großen, hängenden Brüsten, wie sie im Tullnerfeld üblich waren. Erzsis Brüste waren winzig; nackt sah sie fast infantil aus. Welche Perversionen verbargen sich hinter diesem Mangel? Oralsex vielleicht – hatte sie nicht einmal eine diesbezügliche Andeutung gemacht? Welche Akrobatien mochte sie, die einen so durchtrainierten, biegsamen Körper besaß, eines Tages von ihm verlangen? Riegler wurde bei diesem Gedanken wachsbleich; er hatte wirklich Glück bzw. einen guten Schutzengel gehabt, so leicht (das Wort »billig« hatte sich ihm zuerst aufgedrängt) von Erzsi losgekommen zu sein.

Erzsi lag auf dem Rücken und hatte die Bettdecke bis über das Kinn gezogen. Der Wind trieb Blätter gegen die Fensterscheiben. Sternberg (er ist uns und sich selber noch immer fremd, deshalb nennen wir ihn nicht bei seinem Vornamen) deklamierte:

»Denn eh' das Blatt zu Boden schwebt,
Hat es zur Neige seinen Saft gesogen,
Doch ich, ich habe nicht gelebt!«

»Das ist von Hofmannsthal, aus dem Stück ›Der Tor und der Tod‹.«

»Hast du schön aufgesagt. Aber jetzt ist es Zeit, daß du ungarisch lernst. Paß auf!« Sie drehte sich herum und legte ihren Zeigefinger auf seine Nase:

»Ez az orr ... Das ist die Nase. Wiederhole!«

Sternberg wiederholte gehorsam: »Ez az orr.«

Sie berührte seine Augen:

»Ez az szem ... Das ist der, die oder das Auge!«

»Ez az szem!«

»Und jetzt sage: Ez az száj ... Das ist der Mund!«

»Ez az száj.«

»Du hast schon einen sehr guten Akzent«, lobte Erzsi. »Warum lehre ich Trottel dich ungarisch? Damit du mit dieser Evika flirten kannst, du Betyar! No, ich weiß, die Evika ist nicht gefährlich für mich, aber diese Freundin von dir in Wien! Während ich in der Provinz

herumfahre und mich zu Tode friere, amüsierst du dich mit ihr in Wien!«
Sternberg wußte, daß sie diese Reisen in die Provinz zermürbten, ihr auf Tage ihre Kräfte raubten. Müde und mit schmerzenden Gliedern kam sie mit ihrer »Künstlerbrigade« nach sechs- bis zehnstündiger Omnibusfahrt in irgendeinem Provinznest an – und wenn man dann wenigstens im Stadttheater von Becs, Debreczen oder meinetwegen Kecskemet aufgetreten wäre. Aber so! Man hatte sich in zugigen Fabrikhallen oder notdürftig adaptierten Versammlungssälen zu produzieren; es gab weder Umkleidezimmer noch Schminktische oder Waschgelegenheiten. Untergebracht war man in schmierigen Landgasthöfen, es sei denn, man fuhr noch in der Nacht nach Budapest zurück, wo man im Morgengrauen, zur trübsinnigen Zeit des Frühschichtwechsels, eintraf. Vor der Vorstellung hielten der Fabrikdirektor, der Betriebsratsvorsitzende und der lokale Parteisekretär eine Rede, worauf der Szabo Laci, der die Tournee leitete, die Künstler vorstellte, »die es sich nicht nehmen lassen wollten, den Werktätigen der Zuckerfabrik ›Vörös Csillag‹ eine Freude zu bereiten.«
Das Programm lief immer nach dem gleichen Schema ab: Zuerst sang Ilona Mezsaros, die schon keine Stimme mehr hatte, »Hajmasi

Peter«, »Dein ist mein ganzes Herz« oder einen ähnlichen Operettenstumpfsinn, dann trat ein Zauberer, Tierstimmenimitator oder Entfesselungskünstler auf und schließlich, nach einer Einlage des Balletts, tanzte Erzsi mit ihrem Partner einen Pas de deux. Das Publikum war immer sehr dankbar und spendete reichlich Applaus, aber die Stimmung schlug rasch um, wenn die Werkskapelle das »Lied der Arbeit« oder die »Internationale« intonierte. Nach der Vorstellung begannen die eigentlichen Scherereien: Entweder der Fabrikdirektor oder der lokale Parteisekretär und manchmal alle beide machten Erzsi nicht mißzuverstehende Anträge, Ilona gebärdete sich wie eine streunende Dogge, aber niemand wollte mit ihr aufs Zimmer gehen. Auch um Laci gab es jedesmal Krach: Eifersüchtige Tänzer sind ärger als betrogene Ehemänner. Nein, das Ganze war wirklich kein Vergnügen, Erszi würde diese Reisen auch niemals machen, wenn sie nicht das bißchen zusätzlicher Gage dringend benötigt hätte, denn Fernsehauftritte und Filmeinlagen waren rar ...
»Ich muß jetzt gehen«, sagte sie plötzlich. »Gib mir mein Kleid.« Sie zog sich rasch an, stand nur kurze Zeit vor dem Spiegel. An der Tür salutierte sie: »Adieu, mein kleiner Gardeoffizier! Begleit mich nicht nach Hause, der Pali ist vielleicht schon auf.«

Er drückte sie an sich: »Ez az orr ... Ez az szem ... Ez az száj ...« Dabei küßte er sie jedesmal.

Sie war vollkommen gefaßt. Heimlich bewunderte er ihre Haltung, auch wenn ihn dieses Abstandnehmen irritierte. Erst viel später begriff er, welch ungeheure Anstrengung es sie jedesmal gekostet hatte, wieder in ihr gewohntes, vorgeplantes Leben zurückzufinden.

3

»Liebe Mama«, schrieb Fräulein Rümler nach Hause, »ich danke Dir für Deinen Brief vom 12. Oktober. Bin sehr froh, daß Dein Installateur endlich gekommen ist. In Budapest muß man sich mit den Handwerkern auch immer schrecklich ärgern.
Hier ist ewig der gleiche Trott und Tratsch. Meine Zimmerfrau geht mir schon schwer auf die Nerven. Ständig soll ich ihr etwas aus Wien besorgen, Kaffee, Damenbinden und die unvermeidlichen Medikamente. (Unglaublich, was die Leute in Budapest an Medikamenten schlucken!) Zu ihrem Geburtstag wollte die Zimmerfrau sogar einen Plattenspieler – gegen Bezahlung in Forint! Das habe ich natürlich kategorisch abgelehnt. Wo käme ich denn da hin! Außerdem kontrolliert der Chef jetzt sehr genau die Kuriersendungen. Andererseits sind die Leute hier schon zu bedauern. Die Tochter der Zimmerfrau (neun Jahre) hat zum Beispiel noch nie eine Banane gesehen. Unvorstellbar!

Was sagst Du, der Sternberg soll jetzt ein Verhältnis mit der Erzsebet Bertalanffy haben! Das ist dieselbe, mit der schon der Riegler etwas gehabt hat. Feine Person! Aber diese Künstler nehmen es eben mit der Moral nicht so genau. Überhaupt die Leute von der hiesigen Oper. Der Erdely (Bass!), mit dem ich öfters Bridge spiele, wollte sogar *mir* einmal nahe treten, trotz meines Alters! Da darf man sich dann bei den Jungen nicht wundern. Dabei ist die Bertalanffy eine ganz großartige Künstlerin. Ich habe sie im »Schwanensee« und im »Brunnen von Baktschisaraj« gesehen, wie die in den Liebes- und Sterbeszenen tanzt, – einfach phantastisch! Sie hat so ein feines Gesichterl, direkt zum Abbusseln. Sie hat zwar ein ganz kleines Doppelkinn, aber auch das steht ihr gut.
Dem Chef gehe ich aus dem Weg, wo ich kann. Manchesmal muß ich halt leider doch zum Diktat. Ich habe gehört, daß sich seine Frau von ihm scheiden lassen will. Na, kein Wunder, ich möchte nicht mit ihm verheiratet sein.
Wie sich der Wotruba mit der Pipike aufführt, ist geradezu unverschämt. In aller Öffentlichkeit tauschen sie Zärtlichkeiten aus (intime)! Sonst gibt es nicht viel Neues. Heute haben in der Stadt Demonstrationen stattgefunden. Es ist ja verständlich, daß die Leute unzufrieden

sind. In gewissen Zirkeln, z. B. im Petöfi-Klub, gärt es schon seit langem. Und schimpfen tut ein jeder. Ob es etwas nützt, steht auf einem anderen Blatt. Sternberg ist mit dem Chef in die Stadt hinuntergefahren. Es waren hauptsächlich Studenten, die demonstriert haben, später stießen auch Arbeiter dazu. Auf dem Bem-Platz (beim Außenministerium) sollen ungefähr zehntausend Demonstranten aufgezogen sein, alle mit rot-weiß-grünen Armbinden. Die Soldaten von der Kaserne nebenan schauten zu und rührten sich nicht. Merkwürdig!
Ich muß jetzt aufhören, der Chef hat geklingelt.
Mittwoch, 24. Oktober.
Ich setze meinen Brief fort. Entschuldige, daß ich mit der Maschine schreibe, aber so geht es schneller.
Im Büro herrscht ein ziemlicher Wirbel, kein Mensch denkt ans Arbeiten. Pipike sitzt ununterbrochen am Radio und hört die Nachrichten in ungarischer Sprache ab.
Ich glaube, es ist doch etwas Ernstes los. Endlich einmal erlebe ich etwas!
Gestern abend ist es bei der Radioanstalt zu einer Schießerei gekommen. Demonstranten wollten das Gebäude stürmen, darauf hat die AVO (Staatssicherheitsdienst) das Feuer eröffnet. Schrecklich! Es hat auch Tote gegeben,

aber man weiß nicht, wie viele. Vielleicht zehn, vielleicht hundert.
Das Stalindenkmal (siebzig Meter hoch, ausgerechnet an Stelle einer ehemaligen Kirche erbaut) steht nicht mehr. Volksmassen haben es in der Nacht gestürzt, nur mehr die Stiefel sollen in die Luft ragen.
Sternberg, der sich alles sehr zu Herzen nimmt, behauptet, die gestrige Rede Gerös (Parteichef) sei schuld an den Unruhen. Die Leute hätten gehofft, daß doch ein frischer Wind weht und Imre Nagy zum Ministerpräsidenten ernannt wird. Gerö habe aber bloß von der unverbrüchlichen Treue zur Sowjetunion gesprochen, das soll die Leute wahnsinnig aufgebracht haben.
Der Chef äußert sich dazu gar nicht. Er ist zu vorsichtig, weil er immer recht behalten will. Erst als sich herausstellte, daß wir keine Telegramme mehr nach Wien durchgeben können und die Telephonverbindungen abgeschnitten sind, erklärte er: Das ist ein schlechtes Omen.
Wir sind also eingeschlossen, mach Dir aber bitte keine Sorgen, uns passiert schon nichts. Wir sind ja diplomatisches Personal und genießen Immunität. *Wann* ich allerdings diesen Brief abschicken kann, weiß ich nicht. Ich werde Dir dafür aber um so genauer über alles schreiben, was hier vorgeht!«

Aus den Aufzeichnungen Rieglers:
»23. Oktober:
Der Gesandte hat nach Wien telegraphiert, die Solidaritätsdemonstrationen des Studentenverbandes seien diszipliniert verlaufen, eine Beruhigung der Lage zeichne sich ab. – Falsch, vollkommen falsch: Es geht los, wie in Berlin, wie in Posen! Aber der Gesandte lebt ja in seiner selbstgewählten splendid isolation, ohne Kontakt mit der Bevölkerung, wie soll er da wissen, was im Lande vorgeht!
24. Oktober:
An allen Ecken und Enden der Stadt wird geschossen, meine Vorhersage hat sich also bewahrheitet. Wir sitzen auf einem Pulverfaß!
Seit heute früh ist Imre Nagy Ministerpräsident. Er hat die Aufständischen aufgerufen, die Waffen niederzulegen. Das Ultimatum wurde zweimal verlängert, vergebens, die Kämpfe toben weiter.
Unser Versuch, zum Hotel Duna vorzudringen, wo etwa zwanzig Österreicher festsitzen, scheitert. Dabei werden wir Augenzeugen eines Angriffes sowjetischer Sturmtruppen auf ein Widerstandsnest der Freischärler, die sich in einer Baustelle der U-Bahn verschanzt haben. Die Angreifer arbeiten sich sprungweise vor, mehrere Panzer geben Feuerschutz,

auch Nebelgranaten werden verwendet. Beim Rückweg über die Kettenbrücke pfeifen uns die Geller um die Ohren. Einen der Posten an der (Stenogramm unleserlich) hat es erwischt. Es ist unmöglich, sich ein Bild von der allgemeinen Lage zu verschaffen. An strategisch wichtigen Punkten der Stadt sind Panzer, Schützenwagen und PAK aufgefahren. Die ungarischen Soldaten tragen rot-weiß-grüne Armbinden. Auf welcher Seite stehen sie?

Ganze Straßenzüge sind aufgerissen; überall Barrikaden, umgestürzte Tramways. Arbeiter erklettern die öffentlichen Gebäude und reißen die verhaßten roten Sterne herunter. Die russischen Buchhandlungen werden verwüstet, die Bücher auf die Straße geworfen und verbrannt.

Der Gesandte erzählt, überall, wo er sich mit seinem Wagen und der österreichischen Flagge gezeigt habe, seien die Leute in lauten Jubel ausgebrochen. Er kann sich die Bemerkung nicht verkneifen, die Eljen-Rufe für Österreich kämen ein halbes Jahrhundert zu spät. Immer dieser Zynismus! Cui bono?

K., der Vertrauensanwalt der Gesandtschaft, meint, mit der Ernennung Nagys zum Ministerpräsidenten habe Ungarn die Gomulka-Phase in Polen eingeholt, es sei aber fraglich, ob sich die Bevölkerung damit zufriedengeben werde. Er kenne seine Landsleute! Die hielten es mit der Maus, die ein paar Tropfen Tokajer aufgeleckt hat, sich auf die Hinterpfoten stellt und ausruft: Wo ist die Katze?! Im übrigen erzähle man sich in der Stadt, österreichische Truppen befänden sich im Anmarsch auf Raab. – Absurd! Wir haben nicht einmal eine Armee!

Wer sind die Aufständischen? K. gibt ausweichende Antworten, wie es seine Art ist. Der Gesandte, der selbstverständlich alles besser weiß, behauptet, die jeunesse dorée des Regimes, die verhätschelten Intellektuellen. – Sicher ist m. E. nur, daß die Revolte nicht vom ehemaligen Besitzbürgertum getragen wird. Gerade die Leute, die einem ständig vorjammerten, wie schlecht es ihnen unter den Kommunisten ginge, sitzen jetzt bleich und verschreckt hinter dem Ofen. Typisch ist die Bemerkung einer Dame aus jenen Kreisen: Ausgerechnet jetzt muß diese Sache passieren, wo ich endlich meinen Reisepaß bekommen habe!

25. Oktober:

Fast nichts geschlafen. Die ganze Nacht ratterten Tanks mit ohrenbetäubendem Lärm durch die Straßen. Es war gespenstisch, wie die Scheinwerfer die Häuser nach Heckenschützen abtasteten. Durch die Demonstration militärischer Stärke soll die Bevölke-

rung eingeschüchtert werden. Psychologische Kriegführung!
Gerö ist als Generalsekretär der Partei zurückgetreten und von Kadar abgelöst worden. In einer Rede verspricht Nagy, unverzüglich Verhandlungen über den Abzug der sowjetischen Truppen einzuleiten. Damit identifiziert er sich mit einer von den Freiheitskämpfern erhobenen Forderung.
War in der Stadt. Margaretenbrücke und St.-Stefans-Ring sind halbwegs passierbar. An den Häusern hängen rot-weiß-grüne und schwarze Fahnen. Blutflecken auf dem Straßenpflaster sind mit Blumen geschmückt. An Verkehrsampeln und Litfaßsäulen baumeln Kleiderpuppen, denen man Schilder mit den Namen besonders mißliebiger Parteibonzen umgehängt hat. In der Kossuth-Straße Zerstörungen wie nach einem Luftangriff.
Ich glaube, die Revolte nimmt eine nationale Wendung. Erinnerungen an 1849 werden wach. Auch damals intervenierte Rußland. – In Österreich will jeder ein kleiner Rothschild sein (Weinheber!), in Ungarn ein kleiner Petöfi ...
26. Oktober:
Es wird weitergekämpft. Welche Macht hat die Regierung Nagy wirklich? Ist Andropow, der sowjetische Botschafter, Herr des Landes, und wenn ja, Herr der Lage?

Der ungarische Außenminister teilt dem Gesandten in einem persönlichen Telephonat mit, es sei nicht erwünscht, daß der Gesandtschaftswagen mit der österreichischen Flagge in der Stadt herumfahre. Die ungarischen Behörden (welche?) könnten nicht für dessen Sicherheit garantieren.
Beim Versuch, nach Hause zu gelangen, werde ich am Moskauerplatz aufgehalten, die Menschen bedeuten mir umzukehren. Ich bin in der Masse eingekeilt; als ich mich als österreichischer Diplomat zu erkennen gebe, kommt es zu spontanen Sympathiekundgebungen. – ›Dort stehen sowjetische Panzer, fahren Sie nicht weiter!‹ – ›Wir haben gehört, daß Österreich Medikamente und Lebensmittel schickt. Wir danken Ihnen!‹ – Einige Jugendliche mit rot-weiß-grünen Armbinden, bis an die Zähne bewaffnet, nähern sich dem Auto. Sie händigen mir Flugblätter aus, in denen die Abhaltung freier Wahlen und der Abzug der russischen Truppen verlangt wird. Unterschrift: Das gegen die Tyrannei kämpfende ungarische Volk. – ›Sagen Sie der österreichischen Regierung‹, ruft mir einer der jungen Leute zu, ›daß das ungarische Volk nichts sehnlicher wünscht, als wieder frei zu sein!‹ – Man fürchtet um meine Sicherheit: Am Christinen-Ring und vor dem Südbahnhof stünden russische Tanks, auch Stalinorgeln seien dort

in Stellung gegangen. – Ich kehre um und übernachte auf der Gesandtschaft.
27. Oktober:
Eine neue Regierung wird gebildet, der auch Nichtkommunisten angehören, der Schwachkopf Zoltan Tildy und Bela Kovacs, beide von der Kleinlandwirte-Partei.
Der Gesandte ist der Meinung, Gerö habe den Aufstand durch seine Rede vom 22. bewußt provoziert, um den Prozeß der Reformen zu stoppen und den Casus foederis zu schaffen. Gerö habe genau gewußt, daß sich das Regime weder auf die Arbeiter noch auf die Armee verlassen könnc, sondern nur auf die ›brüderliche Hilfe‹ der Sowjetunion.
Eine merkwürdige Meldung von Radio Wien: Sowjetische Panzerverbände werden in Polen und Rumänien zusammengezogen und bewegen sich in Richtung der ungarischen Grenze.
28. Oktober:
Verhältnismäßig ruhige Nacht, nur vereinzelt Schießereien.
Nagy verspricht die Auflösung der Geheimpolizei. Ob er sich durchsetzen wird?
Kadar wird Parteivorsitzender. Der Gesandte beurteilt den Mann positiv, Kadar habe auf ihn den Eindruck eines Humanisten gemacht. Seine Finger seien noch immer verkrüppelt, eine Folge der in der Stalinära erlittenen Folterungen. Ich glaube, die Bevölkerung hält von Na-

gy mehr als von Kadar. Meines Erachtens kann man keinem dieser kommunistischen Führer trauen, es ist bestenfalls eine Frage des kleineren Übels.

Die Post stellt uns ein Chiffre-Telegramm zu: Es ist die erste Nachricht, die wir seit Ausbruch der Revolution aus Wien erhalten. Das Außenministerium teilt uns mit, daß die für 3. November angesetzen Handelsvertragsverhandlungen ›wegen der dortamts bekannten Ereignisse‹ nicht stattfinden können! – Kommentar des Gesandten: ›Ich glaube, die österreichisch-ungarische Monarchie ist nicht an der Schlamperei zugrunde gegangen (wie die Preußen immer behaupten), sondern an der Pedanterie.‹

29. Oktober:

Regen; kalt und feucht. Temperaturen unter dem langjährigen Durchschnitt.

Menschenschlangen vor den Geschäften. Brot, Fett und Fleisch werden knapp.

Die im Hotel ›Duna‹ festsitzenden Österreicher haben die sonderbarsten Wünsche: Wir sollen die Adressen von Verwandten ausforschen oder Briefe in die Provinz weiterleiten. Ein Galanteriewarenhändler aus Wien II. will mit seiner Jugendliebe zusammentreffen. Die Geschäftsleute haben vom Herumsitzen genug (›Jeder Tag kostet Geld, und Geschäfte kann man jetzt sowieso keine machen‹); sie bedrängen uns, einen Konvoi nach Österreich zusammenzustellen. Wir zögern. Selbst wenn die Leute erklären, auf eigenes Risiko zu fahren (der Gesandte besteht auf einer *schriftlichen* Abstandserklärung), wird man uns die Verantwortung für alles, was passiert, aufhalsen. Raten wir zum Bleiben, wird man uns vorwerfen, nichts für unsere Landsleute zu tun. Eine Zwickmühle!

Der Vertrauensanwalt macht ein bedenkliches Gesicht: Nagy bemühe sich ja sehr, aber die Aufständischen überziehen ihre Forderungen. Verständlich, denn die aufgestaute Wut des Volkes sei enorm. Dr. K. bringt uns die Übersetzung eines Aufrufs des sog. Freiheitssenders Miskolc, die typisch für die allgemeine Überhitzung und Überreizung ist:

> ›Magyaren! Seit dem 26. Oktober nehmen die Begräbnisse kein Ende. Rakosi, Gerö und ihr anderen Unterdrücker des Volkes! Seht ihr all die Grabsteine? Antwortet! Denn das Volk wird euch finden, wo immer ihr euch feige versteckt. Uns wird man nicht vernichten. Wir haben die schmutzige Flut hinweggefegt, die euch nach oben gespült hat! – Hier, an den Gräbern der Märtyrer, erklären wir unerschütterlich: Der Tag der Freiheit des ungarischen Volkes ist angebrochen.‹

Ich frage mich, wie alles weitergehen wird.«
Hier enden die Aufzeichnungen Rieglers.

Seit den ersten Demonstrationen, die noch unter einer milden Oktobersonne stattgefunden hatten, war das Jahr rasch gealtert. Der Wind stieß kräftig aus der Ebene hervor und riß die letzten Blätter von den Bäumen. Auch die Rosen, die an ihren Staketen festgebunden waren, hatten eine schwere Zeit. »Maulwürfe, überall Maulwürfe!« rief der Amtsgehilfe Zellenberger mehr als einmal aus. »Faß, Jago, faß!« Aber der Hund rührte sich nicht, im Umgang mit seinem Herrl war er phlegmatisch geworden.
Mit der schwindenden Sonne wurde es empfindlich kühl. Es wäre an der Zeit gewesen, das Heizmaterial unter Dach und Fach zu bringen und die naphtalinbestäubten Wintermäntel aus dem Schrank zu holen. Aber die Menschen in der Stadt schienen in diesem Herbst an anderes zu denken. Wünsche und Hoffnungen waren wach geworden. Die Bewohner Budapests, denen die Türkengefahr noch im Blute lag und die von den Kämpfen des letzten Krieges bitter heimgesucht worden waren, sogen prüfend die Luft ein: »Es riecht nach

Schnee!« Die Schneeluft, herb und metallisch, kam aus der Ebene, und in dieser Ebene, die Budapest umgab und bis nach Asien reichte, lauerte Gefahr. Man hätte sich Barrieren gewünscht, Gebirgszüge, finster-tiefe Meeresarme, die dazwischen lagen, aber es gab nur Acker- und Weideland, fruchtbringende Flüsse. Und Nebelfelder, die sich Tag für Tag näher an die Stadt heranschoben ...
Die Menschen hatten Angst; man war abgeschlossen, eingeschlossen, allein: Fast zwei Millionen Menschen waren allein.
Dabei schien alles anders als noch vor einer Woche. Es gab plötzlich an die dreißig Zeitungen, die die verschiedensten Richtungen vertraten. »Radio Kossuth« nannte sich »Freies Radio Kossuth«, und die Hörer vernahmen eine neue Sprache, ein geändertes Vokabular. Aber war man deswegen wirklich frei? Die Besonnenen gingen mit Sprüchen herum wie: »Paßt nur auf, die Donau fließt nun einmal nach dem Osten ...« »Und Jalta? Glaubt ihr, das können die so einfach ignorieren?«
In den Fabriken, Büros und Unternehmungen gab es einen neuen Zeitvertreib: Man wählte Komitees und deren Vorsitzende, stimmte über Maßnahmen ab, die zu treffen oder zu unterlassen waren. Es wurden Resolutionen gefaßt, die man – im Gegensatz zu früher – vorher diskutiert oder abgeändert hatte. Aber im

Grunde traute man einander doch nicht über den Weg, nur die ganz Jungen sagten offen, ohne Umschweife, ihre Meinung: »Die Russen müssen raus! Vorher wird nicht gearbeitet!« Die Familienväter vermieden es, sich zu exponieren. Wer würde ihnen zu Beginn des nächsten Monats das Gehalt auszahlen, die Verfasser all dieser Resolutionen etwa? Bei manchen nagten noch andere Sorgen: Die Söhne blieben tagsüber verschwunden, kehrten nächtlicherweise nach Hause zurück, um zu essen und den Eltern einen flüchtigen Kuß auf die Wange zu drücken. »Wir haben zu tun«, war ihre Antwort auf die bangen, oft nicht einmal ausgesprochenen Fragen der Eltern. »Wir haben zu tun«, sagten sie und verschwanden wieder in der Nacht, Waffen in der Hand. Dieses heimliche Kommen und Gehen war wie das Weben von Schicksalen, von Schuld- und Sühnebeziehungen. Die Eltern suchten sich daran zu erinnern, wie diese Söhne ausgesehen hatten, als sie noch klein waren, sie betrachteten vergilbte Photos von Kinderjausen, Badeaufenthalten am Plattensee, Rodelpartien. Aber die Söhne blieben fremd, waren in diesen feuchten, nebligen Nächten fremd, unbegreiflich und verschlossen geworden. Erwachsen? Vielleicht erwachsen, das war es wohl ...
Auch den Hausbesorgern, jenen feinsten Stimmungsbarometern einer Stadt, merkte

man die Unruhe an. Wie auf ein geheimnisvolles Zeichen hatten sie vor ein paar Tagen aus irgendwelchen Verstecken, die nur sie kannten, rot-weiß-grüne Fahnen hervorgeholt. Nachdem die roten Fahnen in ebendenselben Verstecken verschwunden waren, begannen sich die Hausbesorger zu fragen, ob es wohl dabei sein Bewenden haben würde. Im Dunkel der Keller, in ihrem unumschränkten Reich, ließ es sich gut nachdenken und spekulieren, aber man kam an kein Ziel. So weit war in jenen Tagen die allgemeine Verwirrung gediehen, daß sich nicht einmal mehr die Hausbesorger zurechtfanden.

Auch andere Bewohner der Hauptstadt erforschten ihr Gewissen. Unter dem Rauschen des Windes konnte Erich Sternberg nicht einschlafen. Er dachte an die letzte Nacht, die er mit Erzsi verbracht hatte, aber dazwischen schoben sich Blutlachen, zerstörte Fahrzeuge, eingeschlagene Fenster. Das Erlebnis mit dem russischen Panzersoldaten (wieviel Tage war es schon wieder her?), den er durch das Stadt-Tunnel gefahren hatte, ließ ihn nicht los. Der Soldat hatte ihn am Ofener Brückenkopf mit vorgehaltener Pistole zum Anhalten gezwungen. Sternberg verstand zunächst nicht, was der Mann von ihm wollte. Den Wagen beschlagnahmen? Durchsuchen? Ihn, Sternberg, festnehmen? Schließlich öffnete Erich den Wagenschlag des Beifahrersitzes, der Soldat zwängte sich herein. »Dawaj!« sagte er mehrmals und deutete mit dem Lauf der Pistole auf das dunkle Loch des Tunnels. Gott befohlen, murmelte Sternberg und fuhr los. Ungehindert gelangten sie zum anderen Ende. »Stoj! Stoj!« rief der Russe und fuchtelte mit seiner Pistole. Erich gehorchte und blieb stehen. Plötzlich reichte ihm der Soldat die Hand, ein Wortschwall brach aus ihm hervor, dann sprang er aus dem Wagen. Erst jetzt begriff Sternberg, daß es dem Russen nur darum gegangen war, sicher durch die dunkle, gefahrdrohende Röhre des Tunnels geleitet zu werden. Der sowjetische Panzersoldat hatte einfach Angst gehabt ...

Sternberg kam es vor, als habe er selbst den Tunnel noch nicht verlassen. Seine Reise durch die Dunkelheit hielt an. Als er vor einem halben Jahr nach Budapest gekommen war, als ihn Riegler abgeholt, als ihn der Gesandte begrüßt hatte, später, während seines Flirts mit Mary, befand er sich noch *vor* dem Tunnel. Im einfachen, klaren Sonnenlicht, in einer Helle ohne Komplikationen.

Mit den ersten Schüssen dieser Revolte aber begannen sich die Dinge zu verwirren. Das war die eine Seite. Andererseits war seine Beziehung zu Erzsi aus dem Nebel des Verspielten, des Zufälligen und Vorübergehenden getreten. Nicht daß ihn die Stärke oder vielleicht auch Tiefe seiner Zuneigung zu Erzsi überrascht hätte; er wußte, daß es ihn eines Tages »erwischen« würde. Das Überraschende war die Veränderung seiner Person. Er sah sich in diffusem Licht, zerlegt und wieder zusammengefügt. Er glaubte sich zu erkennen, aber er fand sich nicht. Er sah Umrisse, die er wieder verwarf. Sich im andern erkennen, vielleicht war das der Weg? Das Ich außerhalb der eigenen Person erfahren ...

Die Uhr zeigte fünf Uhr früh. Die Zeit verging also doch, und er, Erich Sternberg, strebte unaufhaltsam dem Ausgang der dunklen Röhre zu. Fahles Licht drang jetzt durch die Fensterläden und durchschlug schmerzend seine Augenlider. Langsam setzte er sich im Bett auf und griff nach dem Bild Erzsis, das auf seinem Nachtkästchen lag.

Als Sternberg auf der Gesandtschaft eintraf, fand er den Gesandten, den Kanzleileiter und das übrige Personal (mit Ausnahme von Frl. Rümler, die unter Migräne litt) um einen riesigen Medikamentenberg versammelt.

»Pst!« wisperte Pipike. »Man darf keinen

Lärm machen, denn die Herren Journalisten schlafen noch.«

»Welche Journalisten?« fragte Sternberg.

»Ja, wir haben Einquartierung bekommen«, antwortete der Gesandte. »Neun österreichische Journalisten, welche die Revolution nicht versäumen wollten. Sie hatten ursprünglich bei den Engländern Asyl gefunden, aber dort wurden sie zu schlecht verköstigt. Außerdem hieß es immer, sogar beim Trinkwasser: British first! Also zogen sie als gute Patrioten auf die österreichische Gesandtschaft.«

Zellenberger war mit dem Abzählen der Milchkonserven zu Ende. »2391 Dosen«, meldete er, »aber ich habe mich zweimal verzählt.«

Ohne ihn zu beachten, sagte der Gesandte: »Die Kondensmilch ist nur an Kinder auszugeben, sonst blüht in Kürze das schönste Schleichhandelsgeschäft. Über die Medikamente möchte ich vorläufig noch keine Verfügungen treffen. Wir müssen die Gewähr haben, daß die Arzneimittel wirklich an Ärzte und Spitäler weitergegeben werden. Dr. Szalontay wird uns dabei behiflich sein.«

Dr. Szalontay, der ebenfalls in der Runde stand, nickte zustimmend. Er hatte sich bereits gestern auf der Gesandtschaft eingefunden und seine Dienste angeboten. Die Journa-

listen verdankten ihm einige Horror-Geschichten von den Kämpfen um die Kiliankaserne. Jetzt sagte Dr. Szalontay mit seiner sanften Stimme: »Ich bin bereits dabei, eine Liste von Spitälern, Ambulanzen und Ärzten anzulegen, an die wir die Medikamente ohne Risiko verteilen können.«
Pipike grollte. Sie hatte versucht, die Einschaltung des Dr. Szalontay zu hintertreiben, und einen jungen Freiheitskämpfer favorisiert, der wie ein Zigeunerprimas aussah. Er war dem Gesandten vorgestellt worden, doch dieser hatte abgewunken: »Der Bursche ist eine Gefahr – für unsere weiblichen Bediensteten!«
Nach und nach erschienen die Journalisten. Trotz der notgedrungenen Flüchtigkeit ihrer Morgentoilette traten sie ohne Scheu auf. Lediglich Hölzl, Redakteur eines katholisch-konservativen Wochenblattes, entschuldigte das üppige Sprießen seines Bartes: »Ich habe gelobt, mich nicht eher zu rasieren, als Fürst Eszterhazy in Sicherheit ist.«
»Ich wünsche Ihnen einen langen Vollbart!« hechelte der Vertreter des ›Organs der Sozialistischen Partei Österreichs‹.
»Na, was ist, kriegen wir keinen Kaffee?« rief Pobehal, frisch-fromm-freier Mitarbeiter der ›Abendpost‹. »Ich muß für die Pressekonferenz des Kardinals Mindszenty fit sein!«

»Das Frühstück ist gleich fertig«, verkündete Frau Wegenstein.
Ein allgemeines »Ah!« ertönte, als Pipike mit einem Tablett dampfender Kaffeetassen erschien. Der Kaffee war mit Milchpulver versetzt. Als Brotaufstrich gab es kalte Bratensoße statt Marmelade, da Zellenberger die falschen Konservenbüchsen geöffnet hatte.
Pobehal erörterte mit seinem Kollegen vom ›Interessanten Blatt‹ die Möglichkeit der Herausgabe einer deutschsprachigen Tageszeitung in Budapest.
»Ich wäre bereit, die Stelle des Chefredakteurs zu übernehmen«, erklärte er großzügig. »Wir könnten fünfspaltig mit einer Bilderseite herauskommen. Kein Boulevardblatt, mehr ein Nachrichtenmagazin mit Leitartikeln von mir. Meinungsbildend, aber natürlich unabhängig.«
»Schwebt Ihnen schon ein Name vor?«
»Ich dachte an PESTER KURIER oder PESTER TELEGRAPH, mit PH natürlich.«
»Warum lassen Sie eigentlich Buda aus?«
»Pest klingt konservativer«, warf der Redakteur des ›Organs‹ ein.
»Um Gottes willen!« Pobehal sprang auf. »Ich muß ja gehen, sonst versäume ich die Pressekonferenz des Kardinals. – Sie werden sehen«, sagte er zu seinem Kollegen vom ›Interessanten Blatt‹, »es wird die sensationellste Presse-

konferenz seit dem Ende des Zweiten Weltkriegs. Eine Abrechnung mit unserem Jahrhundert bahnt sich an!«
»Halten S' Ihnen a bissl z'ruck!« erboste sich der Vertreter des ›Express‹. »Deswegen müssen S' ja net mein' Kaffee ausschütten!«
»Wieso, das ist doch meine Schale!«
»Bitte, beruhigen Sie sich, meine Herren«, griff Frau Wegenstein ein. Sie hatte im Handumdrehen Erfolg; *Pester Kurier,* Mindszenty und Eszterhazy waren vergessen, denn jeder der Journalisten hoffte, Pluspunkte in der Gunst Frau Wegensteins zu sammeln, deren Gesicht infolge der durchwachten Nacht noch klassischer geworden war.
Plötzlich erschien, mit Tremolo und Türenschlagen, Fürst Reizger von Thann auf der Bildfläche, begleitet von seinem getreuen Paladin Karl-August Graf Schnaller und zwei weiteren Gefolgsleuten.
Schnaller pflanzte sich vor den frühstückenden Journalisten auf und rief mit lauter Stimme:
»Seine Hoheit wünschen den Herren einen guten Morgen!«
Ableidinger, Redakteur des ›Organs‹, erhob sich und sagte feierlich: »Belieben seiner Hoheit ausrichten zu wollen: Immer feste druff!«
»Es wird die Herren von der verehrlichen österreichischen Presse vielleicht interessie-

ren«, fuhr Graf Schnaller fort, »daß seine Hoheit eine Erklärung für den ungarischen Rundfunk ausgearbeitet haben.«
»Na, auf Ihre Ezzes haben die Ungarn gewartet!« empörte sich Ableidinger.
»Ich habe im Auftrag seiner Hoheit Waschzettel vorbereitet«, sagte Schnaller und überreichte jedem Journalisten hackenknallend ein eng beschriebenes Stück Papier.
»Hört, hört!« – »Au Backe!« – »Oh, Schmerz, laß nach!« ertönte es in der Runde. Ableidinger gab sich professionell: »Mich wundert, daß der Herr Fürst keine Pressekonferenz veranstaltet!«
»Die Vorbereitungen dafür laufen«, antwortete Schnaller. »Wir werden alles daransetzen, um die Gründung einer ungarischen Schwesternpartei der ›Sammelbewegung Abendland‹ zu ermöglichen.«
Jetzt riß dem Vertreter des Organs die Geduld: »Ja, glauben Sie, die Ungarn haben diese Revolution gemacht, damit sich Leute wie Ihresgleichen wieder ins Spiel bringen können? Der Feudalismus ist tot, mein Herr, mit der Französischen Revolution ist der Feudalismus gestorben!«
»Darüber wird die Geschichte befinden, nicht Sie!« entgegnete Schnaller, während sich Fürst Reizger von Thann, ohne in den Wortwechsel eingegriffen zu haben, hoheitsvoll

entfernte. Schnaller folgte diensteifrig, wobei er beim Hinausgehen zwei Dosen Bratensoße in seinen Taschen verschwinden ließ.

»Seine Hoheit hatten eine Privataudienz beim Kardinal«, sagte Pobehal bewundernd.

»Ja, ein Prinz müßte man sein«, seufzte Ableidinger. Es lag ein bißchen Bedauern in seiner Stimme.

Pobehal ließ sich verzweifelt in einen Sessel fallen. Er hatte beinahe Tränen in den Augen. »Acht Jahre«, jammerte er, »habe ich auf diesen Augenblick gewartet. Und dann ... ein dummer Zufall, eine Autopanne, und ich versäume die Pressekonferenz des Kardinals!« Pobehal versagte die Stimme.

»Beruhigen Sie sich«, sagte Ableidinger, »es war die uninteressanteste Pressekonferenz seit dem Ende des Zweiten Weltkrieges. Der alte Herr schien schlecht gelaunt und brach die Pressekonferenz vorzeitig ab.«

»Weil ihn Journalisten Ihres Schlages provoziert haben!« warf Hölzl ein.

»Na, man wird doch schließlich noch fragen dürfen, welche Absichten der Herr Kardinal hat! Wenn ihm das Frage- und Antwortspiel

zuwider ist, hätte er keine Pressekonferenz veranstalten dürfen.«
Jetzt fielen alle über Ableidinger her. Pobehal sprühte ihn an:
»*Sie* haben am allerwenigsten das Recht, den Kardinal zu verunglimpfen. Ihre ungarischen Genossen waren die ersten, die gemeinsame Sache mit den Kommunisten machten.«
»Ihre Worte sind typisch bürgerliche Verleumdungen. Denken Sie an die Sozialdemokratin Anna Kethly – sie war genau so eingesperrt wie Mindszenty.«
»Ich sage nichts gegen Anna Kethly. Ich sage nur, und wir alle sind dieser Auffassung, daß die Haltung des Kardinals über jeden Zweifel erhaben ist. Er hat sich großartig gehalten. Mindszenty war für Millionen von Menschen, im Osten wie im Westen, ein leuchtendes Vorbild des Glaubens und ein Symbol des Widerstandes gegen den Kommunismus.«
»Das hat ihn nicht daran gehindert, politische Fehler zu begehen. Wissen Sie, was seine ersten Worte nach seiner Befreiung waren: ›Ich setze dort fort, wo ich vor acht Jahren aufgehört habe.‹ – Selbst Sie werden zugeben müssen, daß sich seit 1948 in der Welt einiges verändert hat. Auch im Westen ist die Entwicklung nicht stehengeblieben. Sogar Österreich hat sich, unter dem Einfluß der Sozialisten ...«
»Sie sind hier nicht auf einer sozialistischen

Wählerversammlung!« rief Hölzl dazwischen.
»... zu einer fortschrittlichen Sozialpolitik bequemen müssen. Ich darf Sie daran erinnern, daß die Verstaatlichung der Industrie in Österreich mit den Stimmen aller drei Parteien beschlossen wurde!«
»Das war ja das Malheur!«
»Mindszenty aber fordert die Rückstellung des Kirchenvermögens, als ob nichts geschehen wäre.«
»Raub bleibt Raub!«
»Verstehen Sie denn nicht, daß Ungarn gegenwärtig ganz andere Sorgen hat als die Wiederherstellung des Besitzstandes der katholischen Kirche! Mindszenty lebt in einem feudalen Kokon! Er hat die industrielle Revolution verschlafen. Sogar ein Mann wie Pius XII. verstand die Zeichen seiner Zeit und schaffte den anachronistisch gewordenen Titel eines *Fürst*-Erzbischofs ab. Mindszenty aber läßt sich noch immer so anreden. Haben Sie bemerkt, wie wütend der Kardinal wurde, als man ihn fragte, ob er nötigenfalls das Amt des Premierministers übernehmen würde? Seine Antwort lautete: ›Wozu? Ich bin doch Primas von Ungarn!‹ Meine Herren, das heißt im Klartext: Ich bin mehr als ein lumpiger Premierminister; solange es in Ungarn keinen König gibt, übe ich eo ipso die höchste Gewalt im Lande aus.«

Von allen Seiten ertönte Protestgeschrei. Der Vertreter des katholisch-konservativen Wochenblattes packte Ableidinger am Rockaufschlag: »Sie würden dem Kardinal am liebsten einen Maulkorb umhängen. Die Würdenträger der Kirche haben die Verpflichtung, zu politischen Fragen Stellung zu beziehen.«
»Das hätten Sie dem Kardinal Innitzer 1938 sagen sollen!«
»Das konnte ich leider nicht, weil ich damals in einem Gestapo-Gefängnis gesessen bin.«
Jetzt mischte sich wieder Pobehal ein: »Im übrigen hat Kardinal Mindszenty die angebliche Erklärung wegen Rückgabe des Kirchenvermögens gar nicht abgegeben.«
»Wie können Sie das behaupten? Er hat es in seiner Rundfunkansprache ausdrücklich gesagt, Millionen haben es gehört!«
»Aber Sie bestimmt nicht, denn Sie verstehen kein Wort ungarisch. Ich habe die Rede von A bis Z gehört: Von einer Restituierung des Kirchenvermögens war überhaupt nicht die Rede. Man hat Sätze aus dem Zusammenhang gerissen und ihnen einen völlig falschen Sinn unterlegt.«
»Meine Herren, Sie werden doch keinen Kulturkampf führen wollen! Über diese geistigen Kinderkrankheiten sind wir wahrlich hinaus!« Der Gesandte war unbemerkt eingetreten. »Ich kann Ihnen eine erfreuliche Mittei-

lung machen: Dank meiner Interventionen wurde der Telegraphenverkehr mit Österreich wieder aufgenommen. Sie können vom nächsten Postamt aus Depeschen an Ihre Redaktionen aufgeben.«
Die Journalisten stürzten Hals über Kopf aus dem Zimmer. Jeder wollte der erste am Telegrammschalter sein. Ableidinger vom ›Organ‹ gewann das Rennen, nachdem er die letzten zweihundert Meter Kopf an Kopf mit Pobehal gelegen hatte. Dieser erlebte so die zweite persönliche Niederlage des heutigen Tages.

Sternberg saß niedergeschlagen an seinem Radioapparat. Die Russen waren offenbar im Begriff, die Stadt zusammenzuschießen. Sie hatten also nur zum Schein über ihren Abzug verhandelt, hatten sich nur zurückgezogen, um mit verläßlichen und überlegenen Truppen wiederzukommen. Alles war eine Falle, ein abgekartetes Spiel gewesen: Man hatte die Aufständischen zunächst siegen lassen, gemächlich zugesehen, wie Imre Nagy seine Regierungen bildete; hatte gewartet, bis die Opposition aus ihrem Schatten treten würde – jetzt zog man das Netz zu.
Radio Wien brachte alle Stunden Nachrichten

über die Lage in Ungarn. Soeben gab der Sprecher eine Meldung durch:

»Nach wie vor sind an zahlreichen Punkten der ungarischen Hauptstadt erbitterte Kämpfe im Gange. Die Verteidiger der Kiliankaserne unter Führung von General Maleter leisten heldenhaften Widerstand. Die Sowjets setzen nicht nur schwere Artillerie und Raketen, sondern auch Jagdbomber ein. Ministerpräsident Imre Nagy hat auf der jugoslawischen Botschaft um Asyl angesucht.«

In diesem Augenblick läutete es. Wer konnte es sein? Vielleicht der Hausbesorger. Er fand immer einen Vorwand, um seine Nase in Sternbergs Wohnung zu stecken. Häufig bat er um die abgelegten illustrierten Zeitschriften, denn diese Märchenbücher der kapitalistischen Welt waren in Budapest sehr gefragt. Julischka hatte ihm auch gestattet, seine Fleischvorräte im Kühlschrank zu lagern. Sternberg war über diese Nachbarschaftshilfe wenig erbaut, denn er hielt den Hausbesorger für einen Schnüffler. An sich hatte Sternberg nichts zu verbergen, er tat weder Unerlaubtes noch Ehrenrühriges, aber gerade deswegen bestand die Gefahr, daß der Hausbesorger versucht sein würde, belastendes Material zu *erfinden,* um seine Auftraggeber zufriedenzustellen und sich seinen schäbigen Informantenlohn zu verdienen. Natürlich war da die Sache mit Erzsi. Der Hausbesorger hatte sicherlich ihr Kommen und Gehen bemerkt, das konnte schlechte Kaderpunkte für Erzsi bedeuten, aber Sternberg nahm an, daß Künstler eine gewisse Narrenfreiheit genossen. Trotzdem beschloß er, Erzsi beim nächsten Mal klipp und klar zu fragen, ob sie durch den Umgang mit ihm irgendwelchen Risiken ausgesetzt sei.

Es läutete ein zweites Mal, lang und störrisch, dann schlug jemand heftig gegen die Eingangstür. Das konnte keinesfalls der Hausbesorger sein, er würde es nicht wagen, so zu lärmen. Sternberg hielt einen Augenblick den Atem an: Vielleicht waren es sowjetische Soldaten? Dann aber verwarf er den Gedanken. Die Russen hatten gewiß Wichtigeres zu tun, als gerade ihn ...

Auf der Treppe stieß er mit Julischka zusammen. Sie hielt sich einen Rosenkranz vor das Gesicht.

»Nicht aufmachen!« stammelte sie.

Er nahm sanft ihre Hand mit dem Rosenkranz, bog diese zur Seite und sagte: »Das kann uns jetzt nicht viel helfen.« Einen Moment war er versucht, sich mit einem Blick durch das Guckloch zu vergewissern, wer draußen stand, dann aber zog er mit einem Ruck den Riegel zurück und öffnete.

In der Tür stand Benkö.
»Benkö, Sie sind es, Sie Schwein!« sagte Sternberg erleichtert; er hatte mit Schlimmerem gerechnet.
»Helfen Sie mir!« flehte Benkö. Seine Stimme zitterte und hatte nicht mehr das angenehme Timbre von einst. Er sah ziemlich herabgekommen aus.
»Wenn Sie Hilfe brauchen, gehen Sie zu Ihren Auftraggebern, zu den Leuten, an die Sie den Handelsrat und Tschöppi verraten haben!«
»Diese Leute sind schon alle tot!« entgegnete Benkö und feixte den Bruchteil einer Sekunde lang. Es war eine böse Grimasse, die den wahren Charakter des Mannes zeigte, aber Benkö hatte sich gleich wieder in der Gewalt. »Ich war eingesperrt. Gefängnis in Ungarn ist sehr unangenehm, weil man nicht weiß, wie lange es dauern wird. Aber ich war wenigstens in guter Gesellschaft, in der Nachbarzelle saß der Fürst Eszterhazy. Als der Aufstand ausbrach, hat man uns freigelassen. Ich habe den Eszterhazy nach Wien gebracht, aber leider bin ich nicht dort geblieben, sondern wieder hierher zurückgekehrt. Das war der größte Fehler meines Lebens. Jetzt sitze ich in der Patsche. Die Revolution geht zu Ende, die AVO-Leute kommen zurück, wenn sie mich finden, wird man mit mir kurzen Prozeß machen.« Unwillkürlich griff er an seinen Hals. »Ich muß

untertauchen. Können Sie mich nicht in Ihrer Wohnung verstecken, wenigstens für eine Nacht?«

»Sie sind der unverschämteste Kerl, der mir je begegnet ist. Ich sollte Sie hinausprügeln wie einen Hund! Warum kommen Sie ausgerechnet zu mir?«

»In der Not versucht man alles. Dabei kann ich Ihnen nicht einmal einen Handel anbieten. Ich komme mit leeren Händen. Na hàt! Aber Sie sind ein guter Mensch. Alle andern hier (er machte eine weitausholende Geste) sind Hyänen. Sie wittern den Leichengeruch, der bald über ganz Ungarn liegen wird. Ich war bei allen meinen Freunden – keiner wollte etwas von mir wissen. Was soll ich sonst tun?«

Sternberg war versucht zu sagen, nehmen Sie ein Gewehr und verteidigen Sie mit Ihren Landsleuten die Kiliankaserne, so können Sie Ihrem Leben noch einen Sinn geben.

Draußen fiel die Dämmerung ein. Der Geschützdonner wurde stärker.

»Es wird finster«, hakte Benkö ein. »Ausgangssperre! Wenn mich jetzt eine Patrouille erwischt, bin ich verloren. Schicken Sie mich nicht weg, in den sicheren Tod!«

Sternberg überlegte krampfhaft. Er hatte gar keine Veranlassung, Benkö zu helfen. Im Gegenteil. Benkö war ein Schurke, ein Judas, der wer weiß wie viele Menschenleben auf dem

Gewissen hatte. Aber konnte Erich den Appell an die Menschlichkeit einfach überhören? Überhören vielleicht nicht, aber beschwichtigen. Aus Gründen der eigenen Sicherheit zum Beispiel. Benkö war ein gefährlicher Bursche. Außerdem hätte es gegen die dienstlichen Vorschriften verstoßen, Benkö Unterschlupf zu gewähren. Aber was bedeuteten schon die dienstlichen Vorschriften in einer Situation wie dieser?

»In meiner Wohnung können Sie nicht bleiben«, entschied Sternberg. »Aber ich habe eine Idee. Dort drüben«, er zog Benkö ans Fenster, »hinter dem Park, liegt der Tennisplatz. Das Gitter ist schadhaft, Sie finden leicht einen Durchschlupf. Verstecken Sie sich über Nacht in der Umkleidekabine, ich glaube, es steht sogar ein altes Sofa drin. Der Schlüssel liegt links auf dem Fensterbrett. Julischka wird Ihnen etwas zu essen mitgeben. Aber damit ist Schluß, ich möchte Ihnen nie wieder begegnen.«

Benkö verstand sofort, daß es zwecklos gewesen wäre, weiter in Sternberg zu dringen. »Ich danke Ihnen«, sagte er knapp. »Ich werde versuchen, mich nach Österreich durchzuschlagen.«

Ja, nach Österreich, dachte Sternberg, dorthin gingen sie alle, der Handelsrat, Tschöppi, Esterhazy und Benkö. Österreich war schon immer ein Sammelbecken für gemischte Gesellschaften. In ein paar Jahren würde auch er, Erich Sternberg, nach Österreich zurückkehren, vielleicht widerwillig, aber sicherlich als ein anderer. Und Erzsi? durchzuckte es ihn. Lieber jetzt nicht daran denken. Bis sich diese Frage stellte, würde noch eine Weile vergehen ...

Julischka kam mit einem Lebensmittelpäckchen aus der Küche. Benkö schob es rasch unter seinen Mantel. Sternberg übersah die Hand, die ihm Benkö entgegenstreckte. Vom Fenster aus beobachtete er, wie sein ungebetener Besucher hinter einer Hecke in der Dunkelheit verschwand.

Erich war im Zwist mit sich selber. Er hatte einem Verräter geholfen. Draußen, in Mauerwinkeln, hinter hastig aufgeschichteten Pflastersteinen, in der feuchten Erde, lagen die Freiheitskämpfer. Sie hungerten, und er hatte Benkö zu essen gegeben. Sie starben, vielleicht noch vor Morgengrauen, und Benkö schlich auf geheimen Pfaden in die Freiheit, für die sie sich geopfert hatten.

Was hatten die Freiheitskämpfer gesagt, denen Sternberg auf seinem Weg in die Gesandtschaft begegnet war?

»Wir brauchen nichts zu essen, wir wollen Waffen!«

»Wir halten durch bis zum Sechsten! Dann

wird Eisenhower wiedergewählt und die Amerikaner schicken ihre Fallschirmjäger!«
»Es gibt nur ein Entweder-Oder: Entweder wir siegen oder wir fallen!«
Und ein ganz junger Bursche, mit hohlen Wangen und einem riesigen Feuermal auf der Stirn, hatte Sternbergs Hand ergriffen und ausgerufen: »Vergessen Sie nicht, daß wir auch für Ihre Freiheit kämpfen! Laßt uns nicht im Stich!«
Noch spürte Sternberg die Blicke, die ihm die Männer nachgeschickt hatten. Er dachte verzweifelt: Gegen die russischen Panzer und Flugzeuge wollt ihr euch halten, junge Freunde? Wißt ihr nicht, daß euer Warten auf Eisenhower vergeblich ist? Wir Gewitzten, wir Wohlinformierten, wir wissen, daß ihr vergeblich hofft, aber wir haben nicht den Mut, es euch zu sagen. Die Amerikaner werden euch nicht zu Hilfe kommen, sie werden euch sterben lassen und euren Tod in Radio Free Europe beklagen. Man hat euch einen schönen, publikumswirksamen Titel gegeben: Freiheitskämpfer. Das liest sich gut in den Gazetten, aber es stirbt sich deswegen nicht leichter. Nur – ihr wißt den Grund, ihr kennt den Sinn eures Opfers. – Plötzlich fiel es Sternberg wie Schuppen von den Augen: Er hatte Benkö aufgefordert, die Kiliankaserne zu verteidigen, um seinem Leben einen Sinn zu geben. Aber

hatte sein, Erich Sternbergs, Leben einen Sinn?
Er leerte das Cognac-Glas in einem Zug. Die *Sinnfrage* war gestellt. Sie glich einer Leimrute, wer einmal daran rührte, kam nicht mehr davon los. Natürlich konnte man es sich einfach machen wie Onkel Romuald, der sich ästhetisch zurücklehnte, die Hände über seinem Bauch zusammenfaltete und den Dingen ihren Lauf ließ. Riegler wiederum setzte allen seinen Ehrgeiz in seine Erfolge. Aber das Leben mußte doch mehr an Erfüllung zu bieten haben als Aktivität oder Nichtstun. Die Antwort (wenn es überhaupt eine gab) führte nur über das Erkennen der eigenen Person. Fremde Beispiele taugten nicht viel, man mußte bei sich selbst beginnen und herausfinden, wer man war.
Sternberg füllte sein Glas von neuem. Alkohol erleichtert die Gewissenserforschung, dachte er. »Ich habe in Paris dem Botschafter getrotzt. Ich habe Segelregatten gewonnen. Ich habe dicke schottische Sweater getragen und Pfeife geraucht, obwohl mir beides zuwider ist. Ich habe mich mit einem falschen Wappenring geschmückt. Meine Arroganz hat die Leute geärgert, aber gerade das machte mir Spaß. Warum habe ich Mary den Hof gemacht? Nur so, aus Spaß, ich weiß nicht warum ... Warum habe ich dieses lächerliche weiße Sportcabriolet ge-

kauft? Nur so, aus Spaß, ich weiß nicht warum ... Warum habe ich gelebt? Nur so, aus Spaß, ich weiß nicht warum ...«

Die da draußen wußten es. In ihrer Verzweiflung hatte das Leben einen Sinn. Sie waren verloren, aber sie hielten einen Zipfel der Wahrheit in der Hand. Er, der Attaché Erich Sternberg, war ein Scheißkerl, wenn er nicht das Fenster aufriß, hinaussprang und zu ihnen lief. Wenn er nicht rief: »Hier bin ich, Kameraden!« und sie umarmte. Karriere, Familienbindungen, die schäbigen Bequemlichkeiten seines bisherigen Lebens über Bord werfen, das allein hätte gefrommt. Schluß machen mit dem alten Adam und neu beginnen ...

Das Zyklopenauge der Cognac-Flasche (Remy Martin V. S. O. P.) starrte ihn an, hämisch, lauernd: Du meinst es doch nicht ernst? Du hast schon immer den Mund recht voll genommen! Es ist kein schöner Anblick, mit Kalk übergossen dazuliegen. Laß dich lieber bei einer Segelregatta aus dem Wasser fischen! Die Mütze der Jakobiner wird dir niemals passen! Kehre zu deinen hohlen Pfeifenrauchergesten zurück, erzähle weiterhin alberne Anekdoten und reibe deinen Siegelring am Handballen blank. – Und Erzsi? – Erzsi wird dich so oder so vergessen.

Julischka rumorte im Vorzimmer. Die hatte es einfach. Sie besaß ihren Glauben. Das machte sie für alles offen: Für Menschen, für Panzer und für das Himmelreich. War die Revolution vorbei, würde sie für die Gefallenen eine Messe lesen lassen und beten. Julischka würde auch für ihn beten: Erich Sternberg, am Leben geblieben, raté.

»Erst heute komme ich dazu, meinen Brief fortzusetzen«, schrieb Frl. Rümler an ihre Mutter. »Auf der Gesandtschaft herrscht das Chaos! Außer den Journalisten beherbergen wir Malteser-, Rotkreuz- und andere Helfer, aber leider auch Elemente, die ich gar nicht näher beschreiben möchte. Die verfügbaren Notbetten sind längst überbelegt, die zuletzt Angekommenen müssen auf dem Teppich schlafen, – Gott sei Dank haben wir genug Decken und Zeltbahnen. Trotzdem gibt es weiterhin endlose Streitereien um die Bettenplätze, weil der Grundsatz ›Wer zuerst kommt, mahlt zuerst‹ von den Protektionskindern und solchen, die sich dafür halten, immer wieder in Frage gestellt wird. Der Pobehal kreuzte mit einer jungen Ungarin auf, einer angeblichen Freiheitskämpferin, na, geschminkt war sie wie eine D ... Als der Chef ihre Unterbringung ablehnte, warf sich Pobe-

hal in Positur und erklärte: »Die Dame ist meine Braut, wenn die Kämpfe vorbei sind, werden wir heiraten.« Da riß dem Gesandten aber die Geduld und er brüllte: »Wer hier übernachtet, bestimme ich! Wir sind in keinem Bordell.« (In Wirklichkeit gebrauchte er ein ganz anderes Wort). Der Pobehal ist abwechselnd rot und blaß geworden, dann hat er damit gedroht, sich beim Kardinal zu beschweren, kam aber damit schlecht an: »Ich glaube, ich werde Ihrem Chefredakteur stecken müssen, daß Sie die Pressekonferenz des Kardinals versäumt haben, weil Sie sich mit Frauenzimmern zweifelhaften Rufes herumtreiben!« Also der Pobehal verließ die Gesandtschaft wie ein Kugelblitz und hat sich seither nicht mehr blicken lassen. Die Journalisten sind überhaupt komische Leute. Furchtbar angerührt! Sie streiten den ganzen Tag miteinander. Dabei verstehe ich noch, daß sie verschiedene politische Auffassungen haben, denn sie schreiben schließlich für verschiedene Zeitungen, aber sie zanken sich sogar wegen des Essens! Jeder fühlt sich benachteiligt.
Ableidinger behauptet, der westliche Kapitalismus habe die ungarischen Arbeiter an die Sowjetunion verraten. Ob er recht hat? Ableidinger sieht hinter allem und jedem das Werk kapitalistischer Verschwörer. Pobehal gibt den Juden die Schuld. Zwischen den beiden

wäre es fast zu einer Schlägerei gekommen, wenn sich der Vertreter des Katholischen Wochenblattes nicht dazwischengeworfen hätte. Daß sich erwachsene Menschen so aufführen können!
Dabei frage ich mich, wozu diese endlosen politischen Debatten überhaupt dienen. Ändern kann man ja ohnedies nichts. Aber die Journalisten wollen alles besser wissen und jedermann Belehrungen erteilen. Sie reden, als ob alle Politiker Esel wären. Es ist leicht, zu kritisieren! Ich möchte Pobehal oder Ableidinger an Eisenhowers Stelle sehen. Die Herren können sich ja nicht einmal über die Aufteilung des Nachtmahls einigen!
Der Gesandte steht über den Dingen. Manchmal glaube ich, er hat kein Herz. Sonst hätte er nicht zu Frau Wegenstein sagen können: ›Ich habe alles kommen sehen!‹ So negativ darf man nicht sein! Man muß doch manchesmal im Leben Begeisterung aufbringen, überhaupt für eine gute Sache! Vielleicht sind die Russen nur deshalb wieder zurückgekehrt, weil Leute wie der Gesandte an den Sieg der Aufständischen einfach nicht glauben wollten. Diese Unkenrufer haben alles verpatzt! Ich halte nach wie vor den Daumen, daß die Revolution gelingt oder wenigstens die Errungenschaften der Revolution (Pressefreiheit usw.) erhalten bleiben.

Der Sternberg ist nachmittags plötzlich wie ein Verrückter davongefahren, ohne ein Wort zu sagen. Es scheint, daß er vorher einen Telephonanruf bekommen hat. So hörte ich es wenigstens von Frau Wegenstein. Pipike machte wieder eine ihrer bissigen Bemerkungen. Das war nicht schön von ihr, in solchen Zeiten der Bewährung sollten alle zusammenhalten. Aber gerade unter Streß kommt der wahre Charakter zum Vorschein, Pipike ist und bleibt eine Proletin.«

4.

Der Wagen Sternbergs sprang über Schlaglöcher und warf dabei Wasserfontänen auf. Der alte Mann, der mit seinem Stock Zeichen gab, um mitgenommen zu werden, winkte vergebens. Sternberg stieg auf das Gaspedal: Wenn sie nur keine Straßensperren errichtet haben, dachte er.

Die Straße fiel jetzt etwas ab, rechts oder links standen kleine, verfallende Villen. Eine Mauer begann: Das mußte der Schloßpark sein. Sternberg verlangsamte seine Fahrt, er konnte deutlich die Ziegelsteine erkennen, die unter dem bröckelnden Verputz zum Vorschein kamen. Plötzlich bog die Straße scharf nach rechts, gleich darauf folgte ein Gittertor, das die Aufschrift *Pasareti-Krankenhaus* trug. Sternberg bremste. Der Pförtner eilte herbei und deutete ihm, daß die Einfahrt frei sei.

Das Pasareti-Krankenhaus war in einem ehemaligen Schloß untergebracht; ein riesiger, verwilderter Park umgab die weitläufige Anlage. Das Schloß hatte im Krieg als Reservelaza-

rett gedient und war für diese Zwecke adaptiert worden. Jetzt erhob sich neben dem Schloß ein neuer Trakt, der während des zweiten ungarischen Fünfjahresplanes erbaut worden war und mit seiner faltenfreien Fassade eher einem Bürogebäude glich als einem Spital. Die ultramodernen Einrichtungen wurden nicht selten ausländischen Delegationen vorgeführt, um die Fortschrittlichkeit des Regimes zu demonstrieren.
Sternberg stellte eine kurze und präzise Frage. Der Pförtner wies auf das neue Gebäude: »Zweiter Stock, Zimmer 37«, antwortete er auf deutsch. Dann schrie er einer Gruppe von Männern etwas zu, worauf diese mit dem Kohleschaufeln innehielten und Sternberg anblickten. Eine Krankenschwester, die ein großes Bündel mit Wäschestücken schleppte, deutete mehrmals mit dem Kinn auf das neue Gebäude.
Das ist ja, als ob man mich erwarten würde, fuhr es Sternberg durch den Sinn. Er hastete vorwärts, stolperte über eine Tragbahre und über herumstehende Milchkübel. Er lief durch die Eingangstür und sah sich plötzlich einem Gewirr von Türen, Gängen und Treppen gegenüber. Menschen in weißen Kitteln schienen ihn zu umschweben, seine Kehle schnürte sich zusammen, als ihn die erste Wolke von Chloroform erreichte.

Der Aufzug? – Besetzt! Eine rote Interferenzlampe leuchtete auf. Sternberg nahm die nächstgelegene Treppe, übersprang mehrere Stufen auf einmal, stieß mit Putzfrauen zusammen, die auf dem Boden knieten. Die auf- und abwärtsstrebenden, einander kreuzenden Gänge führten in Operationssäle, Spülküchen, Krankenzimmer und Toiletten – wo war der Ariadnefaden in diesem weißgekachelten Labyrinth? Eine Gruppe von Ärzten schritt vorbei; die Herren machten adäquate, gefaßte Gesichter. Die vierzig Zentimeter Hosenbeine, die unter den weißen Mänteln hervorlugten, bewegten sich im gleichen Schritt und Tritt.
Es war heiß, sehr heiß sogar. Sternberg schwitzte in seinem Stadtpelz. Er hatte jetzt das gesamte Stockwerk durchlaufen und fand sich nicht mehr zurecht. »Ich hätte Julischka mitnehmen sollen oder den Farkas«, dachte er entmutigt.
An den Geruch der Desinfektionsmittel hatte er sich gewöhnt, aber die gleichmäßig verbreitete, wohlige Treibhauswärme erschlaffte ihn derart, daß er sich an die Wand lehnen mußte. Eine leichte Übelkeit befiel ihn.
Die selbstbewußte Geläufigkeit, mit der Schwestern und Wärter ihres Amtes walteten, fand Sternberg ungebührlich. Er hätte sich mehr Diskretion gewünscht. Laute Rufe er-

schallten – Befehle, Kommentare, Scherzworte: Es ging zu wie im Expedit eines Großpostamtes. Sternberg schüttelte mißbilligend den Kopf. Gleichzeitig aber wurde ihm bewußt, daß dieses Krankenhaus, mehr als jede Kirche, eine metaphysische Anstalt war. Hinter diesen Türen, die sich öffneten und schlossen, Krankenschwestern aufnahmen und wieder entließen, verbarg sich die furchtbare Wahrheit, daß der Mensch für seine Geburt mit Krankheit, Altern und Tod bezahlen muß (Riegler hätte gesagt: für seine *Sünden* mit Krankheit, Altern und Tod bezahlen muß).

Die Patientin atmete unruhig.
Sie hatte ein Gespräch der Ärzte mitangehört: Ob man nicht das Sauerstoffzelt ...? – Ja, es stehe für alle Fälle bereit ...
Nun stand es also dort drüben, dieses Zelt. Weiße Schleier hingen herab, übereinandergefaltet, schienen sich zu blähen und zu drehen. Es sah eigentlich lustig aus, wie eine Jahrmarktsbude, schade, daß die bunten Girlanden fehlten!
Vielleicht wird er zuerst glauben, ich liege schon im Sauerstoffzelt. Der Arme! Sie stellte sich den sorgenden Ausdruck seines Gesichtes vor, den Wechsel zu jäher Freude, wenn er

erkennen würde, daß sie gar nicht im Sauerstoffzelt, sondern in einem ganz gewöhnlichen Spitalsbett lag.
Ob er mich küssen wird, trotz dieser jungen Krankenschwester? Ich weiß, daß er sich vor anderen Leuten geniert. Außerdem rieche ich schrecklich nach diesem Zeug, nach Äther, aber ich kann schon nicht mehr unterscheiden, riecht so das Spital oder ist es meine eigene Haut. Ich schaue sicher recht mitgenommen aus, na ja, blaß steht mir nicht so schlecht, aber er wird bemerken, daß meine Haare gefärbt sind. Wann war ich das letzte Mal beim Friseur? Vor einer Woche, vor vierzehn Tagen? Sie gab sich alle Mühe, den Zeitablauf zu rekapitulieren, aber ihre Gedanken verwirrten sich; wenn man im Spital liegt, verliert man die Zeit. Ich habe ihm verheimlicht, daß meine Haare gefärbt sind, genauso, wie ich ihm mein wahres Geburtsjahr verheimlicht habe, wie kindisch von mir ...
Die weißen Schleier des Sauerstoffzeltes wallten auf einmal stärker, schienen zu wachsen. Ah, sie haben Leintücher zum Trocknen aufgehängt, das ist der Garten, ich bin gar nicht mehr in meinem Zimmer, ich bin auch nicht mehr in Budapest, sonst könnte ich ja nicht diese weißen Segel sehen, die über den Horizont ziehen, immer mehr Segel bläst der Wind auf mich zu ...

Es ist besser, sie zünden kein Licht an, damit er meine grauen Haare nicht sieht. Die Schwester soll mir einen Lippenstift bringen und einen Spiegel. Aber sie müßte den Spiegel halten und den Lippenstift führen, ich selbst bin zu müde dazu. Ich war immer müde, aber jetzt helfen auch die Vitamintabletten nichts mehr.

Sie versuchte, die Hand zur Faust zu ballen, aber es gelang nicht. Die Finger, die sie krümmte, umklammerten die Luft. Ich kann keinen Stein mehr aufheben und in den Fluß werfen, dachte sie traurig, ich kann nicht einmal die Fliege verscheuchen, die auf meiner Bettdecke sitzt. Wenn ich mich bewege, tut es weh, es schmerzt schon, wenn ich denke; überall sitzen die Schmerzen ...

Auch die Tür hing jetzt voller weißer Schleier. Die Türklinke war verschwunden, – früher hatte der Messinggriff so schön geglänzt. Wenn die Klinke weg ist, kann er nicht eintreten, auch wenn er die Tür findet. Vielleicht öffnet die Schwester, aber die ist sicher eifersüchtig und läßt ihn nicht zu mir. Die Tür muß offen stehen, damit er mich findet. Ich werde die Schwester bitten, die Türe aufzumachen.

Mit großer Mühe sagte sie:

»Schwester, warum ist die Türe geschlossen?«

»Es ist alles in Ordnung«, beruhigte sie die Schwester und lächelte.

Falsche Person, dachte die Patientin. Du hast das weiße Leintuch über die Türe gehängt, damit er mich nicht findet.

In diesem Augenblick begann die Klinke wieder zu glänzen. Die Schleier hoben sich und gaben einen dunklen Spalt frei. Die Welt zerfiel, das hatte sie schon immer gewußt, in eine helle und eine dunkle Hälfte. Immer gab es einen weißen und einen schwarzen Schwan, einen weißen und einen schwarzen Prinzen. Der Spalt wurde größer, die Klinke verschwand. Die Patientin stieß einen Schrei aus: Erich Sternberg stand im Türrahmen.

Er trat näher.

Auf einer Tafel am Kopfende des Bettes war mit weißer Kreide geschrieben:

»Bertalanffy Erzsebet 28.«

Nach dem Schrei wog die Stille noch schwerer. Man durfte sich nur auf den Zehenspitzen nähern, durfte nichts berühren, nichts wahrnehmen. Es war ein verpönter Raum, fast schon Nirwana. Nur das Bett stand da, weiß, unpersönlich, wie ein Kommunionkleid von der Stange. Keine Farben. Doch: Die Oberschwester hatte einen Buschen violetter Astern auf den Tisch gestellt.

Erzsi lag mit großen, offenen Augen da, und es war, als ob diese Augen, ungeheuer hell, das

ganze übrige Gesicht allmählich verzehrten. »Jaro«, sagte sie matt, »gib mir deine Hand.« Sie streckte einen Arm unter der Decke hervor. »Anderer Arm ist schon abgenommen.« Dabei füllten sich ihre Augen langsam mit Tränen. Sternberg sah das Wasser aufquellen, zuerst die Augäpfel benetzend, dann die unteren Lidhälften überflutend. Sie schaute ihn unverwandt an, ohne mit der Wimper zu zukken; sie gab nicht nach, ihr Blick blieb klar und fest, nur die Tränen stiegen unaufhaltsam, flossen über ihre Wangen und versickerten im Kragen des leinernen Spitalhemdes.
Sie hielten einander bei der Hand und schwiegen. Jeder war gleichzeitig der andere, und jeder wußte, daß darüber hinaus nichts zu sagen war. Beide hatten ihre letzte Freiheit aufgegeben, die ja auch die letzte Fremdheit ist.
Erich beugte sich zu ihr. Ihr Gesicht war verändert: Es war definitiv geworden. Er küßte sie. Gleichzeitig trat ein, wovor sie sich gefürchtet hatte: Er bemerkte ihre grauen Haare. Eine unermeßliche Zärtlichkeit erfaßte ihn, er streichelte ihre Schläfen und flüsterte pausenlos: »Ich liebe dich, ich liebe dich ...« Und der Gedanke, daß ihre Furcht töricht gewesen war, gab ihr die Kraft zu einem Lächeln.

»Ich habe große Schmerzen«, sagte Erzsi fast unhörbar. Das Warten auf Sternberg, die Begegnung mit ihm, hatten sie erschöpft, ihre letzten Kräfte aufgezehrt. Jetzt, da er gekommen war, schien es nutzlos, den Verfall ihres Körpers noch weiter hinauszuzögern. Die weißen Schleier des Sauerstoffzeltes begannen wieder zu wallen, schwebten näher und drohten, auch Sternberg zu verschlingen. Die weißen Schleier würden überhaupt alles verschlingen ...

Die Schwester, die den Ausdruck der Angst auf Erzsis Gesicht bemerkt hatte, trat heran. Erich, der am Bettrand gesessen war, erhob sich, um ihr Platz zu machen. Er ließ die Hand Erzsebet Bertalanffys nicht sogleich los. Langsam, zögernd, aber unaufhaltsam glitten seine Finger aus den ihren. Obwohl sie keine Kraft mehr besaß, um ihn festzuhalten, spürte er ihren letzten, verzweifelten Widerstand, die Revolte ihres Körpers vor dem endgültigen Losgelassenwerden. Dann kam ein äußerster Punkt des Verweilens, ehe die Welt auseinanderbrach.

Die Schwester gab Erzsi eine Spritze und deckte sie sorgsam zu. Als Erzsi ihr Gesicht zum Fenster drehte, folgte Erich ihrem Blick.

Wenn jetzt ein Sonnenstrahl auf den Gartenbaum fiele, wäre es schön, dachte er, aber kein Sonnenstrahl fiel, der Himmel war voller Wolken.

»Siehst du«, sagte Erzsi, »da draußen: Him-

melspölster!« Himmelspölster, so nannte sie immer die Wolken. »Kommen und gehen, brauchen keinen Paß. Ich werde bald Himmelspolster sein.«
Der Arzt hinter Sternberg räusperte sich, um anzudeuten, daß der Besuch nun ein Ende haben müsse. Aber seine Mahnung war nicht nötig. Erzsi fiel unmittelbar in Schlaf oder in Bewußtlosigkeit.
Erich schritt mit dem Arzt über dieselben Gänge und dieselben Treppen zurück. Es roch nach wie vor nach Desinfektionsmitteln, und die Putzfrauen knieten auf dem Boden.
»Wie ist es eigentlich passiert?« fragte Sternberg.
»Eine Maschinengewehrsalve hat sie erwischt. Beim Brotholen. Sie stand in einer Menschenschlange. Es gab zahlreiche Verletzte, aber die anderen werden davonkommen. Erzsi hat keinen Lebenswillen mehr. Als sie heute früh nach der Operation erwachte und bemerkte, daß wir ihr den Arm abgenommen hatten, sagte sie nur: »Danke für die Mühe, aber ich bin zu jung, um schon Ballettunterricht zu geben.«

Erzsebet Bertalanffy kam nicht mehr ins Sauerstoffzelt, das sie sich so schön, wie eine

Jahrmarktsbude, vorgestellt hatte. Sie starb in der folgenden Nacht, ohne das Bewußtsein wiedererlangt zu haben.

Pobehal ließ als einziger den Kopf nicht hängen. Er versuchte krampfhaft, den anderen zu beweisen, daß sein Traum vom »Pester Kurier« noch nicht ausgeträumt war.

»Glauben Sie mir, die Aufständischen werden sich in die Berge zurückziehen und den Kampf fortsetzen!«

»Ungarn ist kein Land, in dem man einen Partisanenkrieg führen kann«, sagte Hölzl. »Wo sind denn Ihre Berge? Vier Fünftel des Landes bestehen aus Ebene ... Bedenken Sie außerdem: Woher soll der Nachschub an Waffen und Munition kommen? Nein, nein, machen wir uns keine Illusionen. Es ist zu Ende.«

»Der Generalstreik wird die Russen zum Nachgeben zwingen«, ließ sich Ableidinger vernehmen. »Der Streik ist die stärkste Waffe der Arbeiterschaft, dagegen richten selbst Tanks und Kanonen nichts aus. Und bisher wurden die Streikaufrufe zu hundert Prozent befolgt!«

»Die Russen sind leider nicht so lieb wie die

österreichischen Unternehmer, die bereits bei der bloßen Androhung gewerkschaftlicher Kampfmaßnahmen in die Knie gehen.«

»Seien Sie versichert, Herr Kollege, auch in Ungarn kann man nicht gegen den Willen der Arbeiter regieren, genausowenig wie in Österreich.«

»Alles graue Theorie! Es genügt, daß man jeden zehnten streikenden Arbeiter an die Wand stellt, und der Ausstand ist gebrochen. In Österreich hat der Gewerkschaftsbund Millionenbeträge auf seinem Streikfonds gehortet, aber wovon sollen streikende ungarische Arbeiter leben? Sie müssen in die Fabriken zurück, ob sie wollen oder nicht.«

»Die Freiheitskämpfer geben bereits die Parole aus: Im März kommen wir wieder! – Das zündet!« rief Pobehal begeistert.

»Angekündigte Revolutionen finden nicht statt!«

»Schuld sind die verdammten Engländer und Franzosen!« entrüstete sich Ableidinger und kratzte die letzten Reste seines Bohnengulaschs zusammen. »Wenn dieses wahnwitzige Suez-Abenteuer nicht gewesen wäre, hätten die Russen in Ungarn niemals zugeschlagen.«

»Sie glauben doch selbst nicht an dieses Märchen«, entgegnete Hölzl. »Der russische Gegenschlag war von langer Hand vorbereitet, das hat mir der General Kiraly selbst gesagt.

Die sowjetischen Panzereinheiten verließen bereits am 23. Oktober, also am Tag des Ausbruchs der Revolution, ihre rumänischen Basen und setzten sich in Richtung Ungarn in Bewegung. Der Rückzug der schwachen russischen Garnison aus Budapest und die Überlassung der Stadt an die Aufständischen war nur ein taktisches Manöver.«

»Verdammte Russen!« stieß Pobehal hervor.

»Noch am 3. November haben sie mit Nagy über den Abzug ihrer Truppen verhandelt. General Maleter und die anderen Parlamentäre sind von den Waffenstillstandsverhandlungen nie mehr zurückgekehrt.« Dabei machte er die Bewegung des Halsabschneidens.

»Was wollen Sie«, klagte Hölzl melancholisch. »Das ist alles schon dagewesen. Die Geschichte wiederholt sich auf grausamste Weise. Auch 1849 wurde der Aufstand der Ungarn von den Russen niedergeschlagen.«

»Eine historische Glanzleistung des Wiener Hofes!« rief Ableidinger. »Aber die Monarchien waren in der Wahl ihrer Mittel ja niemals wählerisch!«

»Reden Sie keinen Unsinn. Eine republikanische Arbeiterregierung hätte damals genauso gehandelt.«

»Sie können doch nicht ernsthaft die These aufstellen, daß eine sozialdemokratische Regierung die Russen zu Hilfe gerufen hätte!«

»Die Russen nicht, aber die Chinesen!«
Alle lachten.
Jetzt schaltete sich Fürst Reizger von Thann ein: »Erst Bismarck gab den Österreichern freie Hand für ihre Balkanpolitik.«
»Jawohl, und nochmals vielen Dank für Königgrätz!« schnappte ihn Ableidinger an.
Fürst Reizger von Thann sonderte sich seit dem 4. November nicht mehr von den Journalisten ab, sondern bekundete Solidarität. »Glauben Sie«, setzte er fort, dem Gespräch eine andere Wendung gebend, »daß man mir wegen meiner Rundfunkansprache Schwierigkeiten bereiten wird?«
»Das hätten Sie sich vorher überlegen sollen!« grinste Ableidinger schadenfroh. »Ein Tonband Ihrer reaktionären Ausführungen liegt garantiert in den Archiven der sowjetischen Botschaft. Wenn man Sie erwischt, wird es Ihnen nicht anders ergehen als dem Maleter!« Bei diesen Worten imitierte er Pobehals vorherige Bewegung des Halsabschneidens.
»Aber Sie wollen damit doch wohl nicht andeuten, daß man meine Immunität als Abgeordneter des Deutschen Bundestages verletzen würde?«
»Um Ihre Immunität wird man sich einen Dreck kümmern!«
»Da haben Sie mir ja eine schöne Sache eingebrockt!« wandte er sich an seinen Adjutanten.

»Keine politische Aktion ist ohne Risko, Herr Abgeordneter.« Es war bezeichnend, daß Graf Schnaller die Anrede Hoheit wegließ.

»Und was wird mit meinen Aufzeichnungen geschehen?«

»Einer posthumen Veröffentlichung dürfte nichts im Wege stehen, das heißt, wenn sich ein Verleger findet«, trompetete Ableidinger und sah sich triumphierend in der Runde um.

Der Vertreter des katholisch-konservativen Wochenblattes suchte zu beschwichtigen: »Sie sind nun einmal unser enfant terrible, Herr Kollege; Gott sei Dank wissen wir, daß Sie es nicht so meinen.« Er wandte sich an Pobehal: »Was ist eigentlich aus dem Kardinal geworden? Haben Sie über sein Schicksal etwas in Erfahrung bringen können?«

»Soviel ich weiß, ist er nach wie vor auf der amerikanischen Gesandtschaft.«

Das war neuerlich Wasser auf den Mühlen Ableidingers. »Etwas Dümmeres hätte dem Kardinal ja gar nicht einfallen können, als zu den Amerikanern zu gehen. Wieder ein Beweis für die politische Instinktlosigkeit Mindszentys.«

»Aber unterstellen Sie doch nicht allen Handlungen des Kardinals politische Motive! Mindszenty befand sich im Parlament, als die Russen kamen; die nächstgelegene westliche

Vertretungsbehörde war die amerikanische Gesandtschaft.«

Und Pobehal setzte hinzu: »Sind Sie doch froh, daß der Kardinal nicht auf unserer Gesandtschaft Zuflucht gesucht hat, das hieße noch eine Person mehr zu verköstigen!«

»Vielleicht hätte ihm der Ableidinger seine Portion abgetreten?«

»Oder seinen Schlafsack! Der Kardinal und Ableidinger unter einer Decke, stellt euch das vor!«

»Wer würde wen bekehren?«

»Na, da fragen Sie noch? Der Ableidinger den Kardinal!«

»Dann könnte das ›Organ‹ seinen Lesern endlich eine erfreuliche Schlagzeile bieten: KARDINAL MINDSZENTY WIRD MARXIST! Und ein Exklusiv-Photo: Der rote Kirchenfürst mit unserem Redakteur Ableidinger beim gemeinsamen Morgengebet!«

»Hören Sie auf mit Ihren blöden Witzen, ich hab' immer geglaubt, solche Dinge sind Ihnen heilig!« Mißmutig verließ Ableidinger das Zimmer.

»Nur keine Angst, der Kardinal kommt eh nicht!« rief ihm Pobehal nach. Dann kehrte er sich wieder den anderen zu: »Die Moral der Aufständischen ist jedenfalls ungebrochen. Die Ungarn sind phan-tas-tisch, nicht unterzukriegen. In der ganzen Stadt werden Pamphlete verteilt. Ich sage Ihnen: Beißend, ausgesprochen beißend!«

Pobehal zog ein hektographiertes Schriftstück aus der Tasche und begann zu übersetzen;

»›Achtung! Bewerbungen um Aufnahme in die Partei der Werktätigen: Wegen des großen Andranges bleiben die Parteilokale bis auf weiteres geschlossen!‹ – Selbst in den schwierigsten Situationen bewahren die Ungarn ihren Humor!« Aber niemand lachte.

In jenen Tagen äußerster Unordnung kam die Tätigkeit der städtischen Leichenbestattungsbetriebe vollständig zum Erliegen. Spitäler, Hotels, Altersheime etc. griffen zur Selbsthilfe. Kleine Trupps von Männern, die mit Rotkreuzbinden versehen und mit Tragbahren, Decken und Schaufeln ausgerüstet waren, erwiesen den Toten den letzten Dienst. Schmale Grünflächen inmitten der Stadt, Hinterhöfe mit ein wenig Erde, ja selbst von Granaten aufgewühlte Nebenfahrbahnen dienten als Begräbnisplatz. Rasch wurden einige Gebete gemurmelt, wurde ein primitives Holzkreuz aufgerichtet, dann eilten die Trupps weiter. Für Blumen und Kerzen sorgten die Frauen der Umgebung.

Herr Bertalanffy konnte sich schon mit dem Tod seiner einzigen Tochter nicht abfinden, geschweige denn mit dem Fehlen eines kirchlichen Begräbnisses. »Wir können Erzsebet Bertalanffy im Park begraben«, sagte der Direktor des Krankenhauses zu ihm, »aber Priester haben wir keinen«. In dieser Bedrängnis fiel dem Vater Erzsis der Pfarrer von Alt-Ofen ein, der mit ihm einmal die Schulbank gedrückt hatte.
Auf seinen Stock gestützt, machte er sich auf den Weg. St. Barbara war eine abseits der Hauptstraße gelegene Barockkirche. Das Viertel war von den Kämpfen verschont geblieben, denn es gab im näheren Umkreis weder Bahnhöfe, noch Fabriken oder öffentliche Gebäude. Das Kirchlein mit seinem weiten, grasbewachsenen Vorplatz, den Kastanienbäumen (Lindenbäumen?) und den Bänken darunter hätte in seiner idyllischen Abgeschiedenheit in jedes ungarische Dorf gepaßt. Dazu gehörten auch die alten, schwarzgekleideten Frauen, die das Pfarrhaus von Zeit zu Zeit aufsuchten, der Kettenhund, der jedesmal anschlug, wenn sich das schmiedeeiserne Gittertor öffnete, und die Nachbarn, die von den ebenerdigen Fenstern aus scherzten. Am Ende des Kirchenplatzes lag der Friedhof, von den Leuten der Umgebung ehrfürchtig Gottesacker genannt. Für Beerdigungen war zwar auch hier

das Städtische Leichenbestattungsunternehmen zuständig, aber man hatte einfach den alten Mesner zum Filialleiter bestellt und die noch aus der Vorkriegszeit stammenden Geräte in das Eigentum der Stadt übergeführt. Die administrative Prozedur war allerdings recht umständlich; man mußte ein schriftliches Ansuchen an das Städtische Leichenbestattungsunternehmen richten, das die Delegierung an die Filiale St. Barbara zu genehmigen hatte. Überdies waren höhere Gebühren vorgeschrieben, denn es sollte der Eindruck entstehen, daß ein Teil der Begräbniskosten in die Tasche des Pfarrers wanderte. Die Leute zogen es daher vor, ihre Angehörigen auf dem Zentralfriedhof bestatten zu lassen. Die letzte Beerdigung lag Jahre zurück; sie hatte stattgefunden, als die Frau des Mesners gestorben war. Seither ruhten Spitzhacke und Spaten sowie die primitive Sarghebevorrichtung und das Wurfschäufelchen im Schuppen des Mesners und rosteten dahin. Auch der Friedhof verfiel allmählich. Der Großteil der Grabsteine stand schief hinter den eingesunkenen Hügeln, in denen die Maulwürfe wühlten. Die Buxbäume wucherten unbekümmert und verdeckten die Grabkreuze, ja sogar die Umfassungsmauer. Mehr und mehr wurde der Friedhof einem Park ähnlich, mit Eichhörnchen, Vogelnestern und schmalen Wegen, die sich im Unterholz verloren. Im Frühling blühte der Flieder, im Sommer lugten Feldblumen aus dem hohen Gras. Jetzt, im Herbst, war der Boden feucht und glitschig, hie und da leuchteten bunte Flecken von Astern, die Buxbäume aber waren grün und schwermütig wie das ganze Jahr hindurch. Mehr als in anderen Jahren hatten die Menschen heuer zu Allerseelen ihrer Toten gedacht. Man sah überall Kränze, frisch geputzte Gräber, und in den Ecken lag dürres Laub zu ordentlichen Haufen getürmt. Das Rascheln von Schritten durchdrang die Stille, und bis zum Einbruch der Dunkelheit hielten stumme Gestalten Wache für ihre Angehörigen.

Der Pfarrer zögerte anfangs, den Wunsch des alten Bertalanffy zu erfüllen, denn es hätte sich um ein sogenanntes nichtautorisiertes Begräbnis gehandelt. Seine Bedenken schwanden allerdings dahin, als ihm Bertalanffy eine größere Summe Geldes versprach, die es ermöglichen würde, die längst fällige Reparatur des Kirchendaches in Angriff zu nehmen. Schließlich meinte er entschuldigend: »Der liebe Gott gibt uns kein Bargeld und das staatliche Kirchenamt erst recht nicht. Also bin ich einverstanden.«

Im Pasareti-Krankenhaus hatte sich die Kunde vom Ableben Erzsebet Bertalanffys wie ein Lauffeuer verbreitet. Zahlreiche Freiheitskämpfer, die im Spital lagen, konnten nur mit Mühe davon abgehalten werden, sich trotz ihrer Verwundungen wieder in die Kämpfe zu stürzen, zumal es geheißen hatte, Erzsebet Bertalanffy sei durch einen russischen Offizier vergewaltigt und hierauf von mongolischen Mannschaften zu Tode geprügelt worden. Das Revolutionskomitee der Oper verfaßte einen Nachruf auf die »große Künstlerin«; man werde das Andenken der Gefallenen treu bewahren und sich ihres Opfertodes würdig erweisen.
Als der Begräbnisplatz bekannt wurde, stellte das Revolutionskomitee des Pasareti-Krankenhauses sofort einen der beiden Ambulanzwagen zur Verfügung, der auf der Rückfahrt wieder Verwundete einsammeln sollte. Zahlreiche Freiwillige meldeten sich für die Aktion, nicht nur Ärzte, sondern auch Krankenwärter, Heizer und sogar der Spitalsportier. Man wählte schließlich einen jungen Hilfschauffeur und zwei Krankenträger aus, die sich in den vergangenen Tagen durch besondere Kaltblütigkeit ausgezeichnet hatten.
Nach Übergabe des Totenscheines holten die Wärter den Leichnam Erzsebet Bertalanffys

aus der Kühlanlage und luden ihn auf den bereitstehenden Ambulanzwagen. Genau 14 Minuten später hielt der Wagen vor dem kleinen Friedhof in Alt-Ofen. Die Wärter sprangen heraus, ergriffen die Tragbahre und gingen rasch in die Totenkapelle. Nachdem sie die Leiche Erzsebet Bertalanffys umgebettet hatten, bestiegen sie das Fahrzeug wieder (der Chauffeur hatte nicht einmal den Motor abgestellt) und rasten davon ...

Der Mesner hatte den Aufbahrungsraum schwarz ausgeschlagen. Der Körper der Toten, in Sackleinwand eingenäht, lag auf einem einfachen Holzgestell. Der Mesner reichte jedem der Eintretenden ein Büschel mit Weizenähren, damit er die Tote besprenge. Auch Erich Sternberg zeichnete mit dem Büschel ein Kreuz in die Luft, die Tropfen des Weihwassers fielen tackend auf die grobe Leinwand.

Der Pfarrer sprach mit monotoner Stimme die Gebete, hie und da fiel der Mesner ein. Dann knieten alle nieder, während der Pfarrer die Bahre umschritt, um die Tote noch einmal zu segnen.

»Megyünk!« (Gehen wir!) hörte Sternberg hinter sich eine Stimme. Es war der Mesner. Erich blickte auf: Richtig, außer ihm und dem Mesner gab es niemanden, der Erzsebet Bertalanffy hätte hinaustragen können. Der alte

Bertalanffy zitterte, seine Frau führte unablässig ein schwarzes Spitzentüchlein an die Augen und schluchzte. Pali klammerte sich an seine Großmutter und hatte angstgeweitete Augen.

»Megyünk!« antwortete Sternberg. Er ergriff die hölzernen Enden des Gestells. In diesem Augenblick begann das Sterbeglöckchen zu läuten, in kurzen, abgehackten Schlägen, silbern vor Ungeduld, als wollte es den Teilnehmern bedeuten: Nehmt euren Schmerz nicht so wichtig. Der kleine Zug schwankte aus der Kapelle.

Draußen schlug ihnen Regen und Schnee entgegen, der Wind riß an ihren Gewändern. Sternberg konnte sein Gesicht nicht gegen den Regen schützen, und so sah man nicht, daß er weinte. Sie streiften Buschwerk und niederhängende Zweige, einmal mußte der Mesner absetzen und ein wenig rasten. Erich spürte die Last von Schritt zu Schritt schwerer werden. Trotz der Kälte standen Schweißtropfen auf seiner Stirn. Am Fuß des Leinensackes bildete sich eine Pfütze; Sternberg konnte beobachten, wie das Regenwasser aus winzigen Rinnsalen in die Pfütze schoß. Die Sackleinwand bekam dunkle Flecke. »Der Tod ist nicht traurig«, dachte Erich unablässig, »nur die Begräbnisse sind es.«

Der Zug hielt vor einer offenen Grube, dicht

neben einer Silbertanne. »Figyelen!« (Achtung) rief der Mesner, dann kippten sie das Gestell seitlich um. Statt in die Tiefe zu gleiten, verfing sich Erzsis Leichnam am Rande der Grube. Sternberg mußte dem Fallen nachhelfen, und dabei spürte er ein letztes Mal die Körperlichkeit der Toten unter dem starren, feuchten Gewebe. »Sie darf nicht mit dem Gesicht nach unten liegen«, ging es ihm durch den Sinn, aber es war schon zu spät. Mit einem dumpfen Laut schlug der Leichnam auf, Erde und Steine mit sich reißend. Nochmals sprach der Pfarrer ein Gebet, während alle erbärmlich froren. Dann schüttete jeder eine Handvoll Erde über Erzsebet Bertalanffy, und dieser Vorgang endete mit einer überraschenden Geste Palis: Einen Moment unbeobachtet, zog der Bub einen Spielzeugbären aus seinem Mantel und warf ihn in die Grube.

Niemand sagte ein Wort, Frau Bertalanffy ergriff Pali rasch bei der Hand und zog ihn mit sich fort.

Erich blieb mit dem Mesner zurück, um das Grab zuzuschaufeln. Er spürte, wie sich die nasse Erde an seinen Schuhen festsaugte und der Regen ungehindert in seinen Nacken lief. Schweigend warf er Schaufel um Schaufel hinab. Langsam verschwanden zuerst der Kopf, dann der Leib und schließlich die Beine der Toten unter der Erde. Und mit jedem Schaufelwurf entfernte er sich von jenem Wesen, das einmal Erzsebet Bertalanffy gewesen war.

Als sie im Auto zurückfuhren, sagte Dr. Bertalanffy zu Sternberg: »Wissen Sie, daß Erzsi schwanger war?«

Erich starrte den alten Mann an: »Nein! Davon hat sie mir nie etwas erzählt!«

»Uns auch nicht. Der Arzt, der die Autopsie vornahm, hat es mir mitgeteilt.«

Sternberg fuhr jetzt ganz langsam. Allmählich erfaßte er, daß in der schmalen Grube neben der Silbertanne auch ein Teil von ihm selbst lag, abgestorben und tot wie Erzsi, der Verwesung (oder dem Jüngsten Tag) entgegengebettet.

»Ich darf annehmen«, fuhr Bertalanffy fort, »daß Sie ... ich meine, daß Sie«, hier schluckte er, »der Vater sind«.

Eine Pause entstand, aber der Alte, aus dessen Stimme Sympathie herauszuhören gewesen war, erwartete keine Antwort.

»Wahrscheinlich, aber ich bin mir nicht sicher, wahrscheinlich hätte sie sich das Kind ohnedies nehmen lassen. Sie verstehen: Eine Tänzerin muß ständig trainieren, um in Form zu bleiben; jedes Aussetzen ist Rückschritt.

Erzsi nahm ihren Beruf außerordentlich ernst. Was glauben Sie, wie viele jüngere Kolleginnen schon darauf warteten, ihren Platz als Primaballerina einzunehmen? Als Pali auf die Welt kam, hat es mehr als ein Jahr gedauert, ehe Erzsi wieder ganz vorne war.«

»Aber Sie glauben doch nicht«, entgegnete Erich aufgebracht, »daß ich jemals zugestimmt hätte ...«

»Beruhigen Sie sich, junger Freund. Sagen Sie jetzt nicht, was Sie getan oder nicht getan hätten. Meine Tochter ist kaum unter der Erde, wir wollen ihr Andenken nicht dadurch entwürdigen, daß wir uns etwas vormachen!«

»Aber ich hätte sie selbstverständlich geheiratet!« rief Sternberg aus.

»Und wie hätten Sie sich eine Ehe vorgestellt? Denken Sie an die politischen Verhältnisse! Außerdem, Erzsi hätte ihren Beruf nie aufgegeben. Nein, nein«, wehrte Bertalanffy weitere Einwendungen Erichs ab, »wir müssen die Dinge sehen, wie sie sind, und nicht, wie wir sie sehen wollen. Der Tod ist die letzte Illusion des Menschen. Ich weiß nicht, ob Sie mich verstehen. Ich will damit sagen, daß der Glaube an die befreiende Macht des Todes ein trügerischer ist. Der Tod löst die Widersprüche der menschlichen Existenz nicht auf, der Mensch nimmt seine Sprünge und Zweifel mit hinüber ins Jenseits.« Er machte eine Pause, dann fuhr er fort: »Erzsi hat Sie geliebt. Dieser Riegler, übrigens ein ausgezeichneter Schachspieler, wäre für Erzsi nur ein Sprungbrett gewesen, um von hier wegzukommen. Riegler war eine Episode, aber Sie hat Erzsi geliebt. Nur war die Zeit noch nicht reif für eine solche Liebe. Man könnte sagen, die Revolution habe alles zerstört. Aber das wäre nicht richtig. Die Revolution hat das Ende nur vorweggenommen. Wir haben Erzsi«, hier versagte ihm wieder die Stimme, »wir haben Erzsi gemeinsam begraben, Sie, ich, Pali, meine Frau und der Pfarrer. Aber nur der Abschied zwischen Ihnen und Erzsi hat gezählt. Und er wäre früher oder später gekommen, an einem Novembertag wie heute oder an einem Sommermorgen. – Und jetzt fahren Sie uns bitte nach Hause, wir sind sehr müde.«

Pobehal wickelte sich fester in seinen Mantel, dann rückte er mit einem Grunzlaut das Käsepaket zurecht, das ihm als Kopfkissen diente. Die Glieder schmerzten ihn, seit dem Rußlandfeldzug hatte er nicht mehr auf dem nackten Fußboden geschlafen. Durch die hohen, vorhanglosen Fenster drang das Morgenlicht. Irgend jemand schnarchte. Vermutlich

Fürst Reizger von Thann, dachte Pobehal erbittert. Seine Hoheit war der einzige, der in einem Bett schlief, in einem Campingbett, das Adjutant Graf Schnaller vorsorglich mitgenommen hatte.
Pobehal erschrak. Drüben, beim Mittelfenster, kauerte eine Gestalt, den Kopf in beide Hände gestützt. Es war Sternberg. Komischer Kerl, dachte Pobehal, sitzt da und starrt vor sich hin. Aber der ist schon seit zwei Tagen so sonderbar. Dabei geht ihn diese Revolution doch gar nichts an! Irgend etwas klappt nicht mit dem Burschen. Schade. Er, Pobehal, hatte eine Weile geglaubt, wenigstens einmal einen patenten Kerl unter den Diplomaten gefunden zu haben, einen, der nicht hochnäsig seiner Wege ging und der sich nicht zu gut war, mit einem kleinen Journalisten eine ganze Nacht zu saufen. Aber offenbar hatte dieser Sternberg auch kein Mark in den Knochen. Sitzt da und bläst Trübsal. Na ja, eigentlich kein Wunder. Verdammtes Loch, dieses Budapest! Wenn man doch schon draußen wäre. Journalistisch war hier nichts mehr zu holen. Ende der Fahnenstange! Dazu diese zusammengewürfelte, auf engstem Raum zusammengepferchte Gesellschaft, die ihm maßlos auf die Nerven ging. Der Ableidinger ist ein ekelhafter Bursche. Überhaupt, diese aufgeblasenen, fixangestellten Kollegen! Er, Pobehal, war der

einzige free lance; auch weltanschaulich ungebunden, vielleicht ein bißchen national. Wenn wenigstens mit der Wegenstein etwas anzufangen wäre, aber die läßt keinen rein, pardon, ran, nicht einmal in Zeiten von Revolutionen. Aber morgen würde er dem Ableidinger seine Meinung gehörig hineinsagen!
Pobehal konnte keinen Schlaf mehr finden. Wie immer er sich auch drehte und wendete, der Emmentaler drückte schmerzlich seinen Nacken. Pobehal hatte das Gefühl, seine Hüftgelenke wundzureiben, aber jedesmal, wenn er versuchte, seine Beine auszustrecken, stieß er entweder gegen einen Schläfer oder gegen ein Möbelstück. In seinem Mund breitete sich ein fader, stickiger Geschmack aus, wie von Kleister oder ranzigem Talg, der Druck auf seine Blase verstärkte sich. Er hatte offensichtlich wieder einmal zu viel getrunken. Ich werde doch auf die Toilette müssen, überlegte er, wickelte sich aus seinem Mantel und stolperte über die Bündel der Schläfer hinweg in den Vorraum.
Auch die anderen schliefen unruhig. Keiner wollte, daß es Tag werde. Das Aufstehen war ein mühsames Beginnen nach den Enttäuschungen des Vorabends. Die ganz Hartnäckigen lagen da und hielten die Augen geschlossen, obwohl sie längst wach waren. Man mußte einfach den Morgen hinunterwürgen, darum ging es ...

Beim Frühstück machte Pobehal Krach:
»Ihr habt mir keine Marmelade übriggelassen!« begehrte er auf.
»Wenn man so verfressen ist wie Sie, sollte man nicht an Revolutionen teilnehmen!« biß Ableidinger zurück.
»*Sie* legen sich zu Hause doch höchstens Ihre tintigen Finger aufs Brot!«
»Glauben Sie, meine Zeitung zahlt so schlecht wie Ihre?«
»Habt Ihr denn nichts anderes im Sinn, als schon in aller Herrgottsfrühe zu streiten?« besänftigte Hölzl. »Wir haben doch, weiß Gott, andere Sorgen!«
»Genau«, fiel der Reporter vom ›Expreß‹ ein, »ich brauche dringend frische Unterwäsche, sonst krieg ich Klaustrophobie!«
»Auf diese Weise herumzusitzen, hat überhaupt keinen Sinn. Da alle Verbindungen zur Außenwelt abgeschnitten sind, haben wir für unsere Redaktionen nicht mehr den geringsten Informationswert.«
»Der Gesandte soll jetzt einmal sagen, was er von der Lage hält. Ich kenn' zwar seinen literarischen Geschmack, insbesondere sein Urteil über Hofmannsthal, aber wir wollen doch endlich wissen, woran wir sind!«
»Ich schlage vor«, sagte Hölzl, »daß wir den Gesandten um eine Unterredung ersuchen.«

»Einverstanden!« – »Höchste Zeit!« – »Gute Idee!« – schallte es durcheinander. Da endlich ausgesprochen war, was alle längst bewegt hatte, herrschte plötzlich nicht nur Eintracht, sondern so etwas wie Zuversicht.

Die Grußformel, mit der die Herren das Zimmer des Gesandten betraten, reichte von »Meine Verehrung, Exzellenz!« über »Grüß Gott!« bis zu einem einfachen »Tag« (Ableidinger). Pobehal, der dem Gesandten seit ihrem Zusammenstoß ausgewichen war, murmelte Unverständliches und hielt sich im Hintergrund.
»Ich freue mich, Sie zu sehen, meine Herren!« eröffnete der Gesandte das Gespräch. »Ich habe da eine interessante Stelle in Bismarcks Memoiren gefunden, die ich Ihnen nicht vorenthalten möchte.« Er griff nach einem in grünes Saffianleder gebundenes Buch und begann zu lesen:
»›Es ist in der Geschichte der europäischen Staaten wohl kaum noch einmal vorgekommen, daß ein Souverän einer Großmacht einem Nachbarn dieselben Dienste erwiesen hat, wie der Kaiser Nikolaus der österreichischen Monarchie. In der gefährdeten Lage, in

welcher diese sich 1849 befand, kam er ihr mit 200000 Mann zu Hilfe, unterwarf Ungarn, stellte dort die königliche Gewalt wieder her und zog seine Truppen zurück, ohne einen Vorteil oder eine Entschädigung zu verlangen, ohne die orientalischen oder polnischen Streitfragen der beiden Staaten zu erwähnen.‹ Nun, was sagen Sie dazu, meine Herren?«

Nach einer Pause – ob der Verblüffung oder des Nachdenkens, war nicht ganz klar – meldete sich Ableidinger zu Wort:

»Also die Analogie zwischen 1849 und 1956 ist uns auch schon aufgegangen. In beiden Fällen haben die Russen den Ungarn ihre Freiheit vermasselt.«

»Was Sie unter Freiheit 1849 verstehen, war die Zerstörung der Monarchie!« rief der Vertreter des katholischen Wochenblattes pathetisch.

»Ich würde es anders ausdrücken: 1849 wollten die Ungarn los von Wien, 1956 wollen sie los von Moskau.«

»In dem großmagyarischen Staat, der Kossuth vorschwebte, hätten die Nebenvölker wie die Slowaken und die Kroaten genausowenig Freiheiten genossen wie heute die Ungarn. Es hätte die Ruhe eines Kirchhofes geherrscht.«

»Für die Kirchhofsruhe war das Haus Habsburg allemal gut. Denken Sie an das Strafgericht, das nach der Schlacht am Weißen Berg über die aufständischen Böhmen hereingebrochen ist! Und die Hinrichtungen 1849 in Ungarn sind sogar von konservativen Historikern als schwerer politischer Fehler gebrandmarkt worden.«

Hölzl hatte keine Lust mehr, den Streit fortzusetzen.

»Sollten wir nicht von der Vergangenheit auf die Gegenwart übergehen?« meinte er. »Wir, als Österreicher, sind ja glücklicherweise diesmal nicht Partei, wenn unsere Sympathien auch klar auf seiten der Aufständischen liegen; wir sind lediglich Beobachter, Augenzeugen, Chronisten. Dieser Aufgabe nachzukommen, wird zusehends schwieriger, weil wir nicht mehr in der Lage sind, Informationen, so wir sie überhaupt noch gewinnen können, weiterzugeben. Wir hielten es daher für angezeigt, unsere Rückkehr nach Österreich wenigstens ins Auge zu fassen. Welchen Rat vermöchten Sie uns aus Ihrer Sicht, Exzellenz, zu geben?«

Nach diesem gedrechselten Statement blickten alle erwartungsvoll auf den Gesandten.

»Nun, ich meine«, sagte dieser und klappte das Buch mit Bismarcks Memoiren zu, »ich meine, daß wir in erster Linie einen klaren Kopf bewahren müssen. Ja, einen klaren Kopf. Nur dieser befähigt uns, die Für und Wider einer solchen Entscheidung, die sowohl nütz-

lich als auch schädlich sein kann, genau abzuwägen. Ich persönlich glaube« (Aha, dachte Hölzl, jetzt wird er endlich konkret!), »daß die Elemente, die für die Entscheidung notwendig sind, sehr, sehr sorgfältig zusammengetragen werden müssen, es sei denn, wir entschlössen uns von vornherein, derartige Elemente zu ignorieren. Die Phänomene, wäre weiters zu bedenken (hier schaltete der Gesandte eine Kunstpause ein), sind selten das, was sie zu sein scheinen, manchmal aber doch.
Darin liegt die eigentliche Crux, wenn wir unser Handeln durch logische Denkprozesse bestimmen wollen. Bismarck, und hierin pflichte ich ihm bei, sah in der internationalen Politik ein flüssiges Element, das unter Umständen zeitweilig fest wird, aber bei Veränderungen der Atmosphäre in seinen ursprünglichen Aggregatzustand zurückfällt.« Der Gesandte, mit einem beinahe unfehlbaren Gedächtnis ausgestattet, zitierte die Textstelle wörtlich (Bismarck: »Gedanken und Erinnerungen«, 2. Buch, Kapitel 18/VII.)
»Wie meinen?« stotterte der Vertreter des Expreß; Ableidinger aber sagte trocken: »An welche Elemente denken Sie, Herr Gesandter? Könnten Sie uns diese Elemente näher präzisieren?«
»Ich denke in erster Linie an die Tatsache, daß Ungarn derzeit kein Staat ist, sondern ein mi-

litärisch besetztes Territorium. Von wem auch immer bisher die Macht im Lande ausging (das Volk war es keinesfalls), jetzt geht sie von der sowjetischen Armee aus. Wenn Sie also die Stadt und das Land verlassen wollen, Straßensperren und Kontrollposten passieren möchten, benötigen Sie ein Propusk der Roten Armee. Ein solches Propusk dürfte allerdings nicht leicht zu beschaffen sein. Voilà eines der Elemente, welches zu berücksichtigen wäre.«

»Das sind ja wenig erfreuliche Aspekte, die uns Exzellenz soeben darzulegen die Güte hatten«, ließ sich Hölzl nach einer Weile vernehmen. »Wo bekommt man denn ein solches Propusk?«

»Ich nehme an, auf der Kommandantura«, knurrte Ableidinger. »Aber wenn ich mich an die Apriltage des Jahres 1945 erinnere, wird mir bei diesem Gedanken nicht gerade fröhlich um's Herz!«

Alle blickten ratlos und betreten drein.

In diesem Augenblick meldete sich der Attaché Erich Sternberg zu Wort. Er machte sich erbötig, auf die Kommandantura zu gehen, um ein Propusk zu erwirken. »Wir müssen den Versuch unternehmen. Es wird doch auch bei den Militärbehörden Leute geben, mit denen man verhandeln kann. Wie wäre es, wenn mich der Herr Pobehal, der ungarisch und rus-

sisch spricht, begleitet? Ich könnte dann auch die Führung des Konvois nach Österreich übernehmen.«
Der Gesandte blickte Sternberg überrascht an. Ich bin neugierig, wie er sich aus der Affäre ziehen wird, dachte Hölzl, mit einem Zitat von Karl Kraus, Hofmannsthal oder Bismarck? Der Gesandte aber sagte:
»Einverstanden. Du stehst für diese Mission zur Verfügung. Da es unter den gegebenen Umständen nicht möglich ist, die Zustimmung Wiens einzuholen, übernehme ich die Verantwortung. Wir müssen in den Konvoi auch die übrigen Österreicher miteinbeziehen, die evakuiert werden wollen. Setze dich mit unseren Landsleuten im Hotel Duna in Verbindung; wer mitfahren möchte, muß seine Entscheidung bis morgen früh bekanntgeben und eine schriftliche Erklärung beibringen (die du zu den Akten nimmst), daß er die Fahrt ausschließlich auf sein eigenes Risiko unternimmt.«
Es gelang Sternberg tatsächlich, die Kommandantura zur Ausstellung eines Laissez-passer für 62 Österreicher zu bewegen. Die Organe der Roten Armee zeigten sich weniger sperrig, als Erich erwartet hatte. Die Kommandantura mußte offenbar weder in Moskau noch bei den lokalen Dienststellen des KGB rückfragen.

Das Propusk war in drei Sprachen abgefaßt, nämlich russisch, ungarisch und deutsch, um die richtige Reihenfolge wiederzugeben. Es enthielt ein Verzeichnis der »reiseberechtigten Personen«, denen – wie es hieß – die sowjetischen Organe Hilfe und Beistand angedeihen lassen sollten. Ursprünglich hatten die Russen den Beischluß je eines Photos, abgestempelt und mit eigenhändiger Unterschrift versehen, verlangt, aber schließlich begnügten sie sich mit der Paßnummer, nachdem Sternberg eindringlich darauf hingewiesen hatte, daß die sowjetischen Organe ja des Lesens kundig seien und die Namen auf den Pässen mit den Namen auf dem Propusk vergleichen könnten. Eine Dolmetscherin in Schaftstiefeln und mit platinblond gefärbtem Haar hatte des öfteren in die Diskussion eingegriffen, es war nicht ganz klar, ob für oder gegen Sternberg. Das Leseargument schien sie ziemlich in Harnisch gebracht zu haben, aber beim Hinausgehen zwinkerte sie Erich zu.
Das Propusk triumphierend in der Luft schwenkend, meldete sich Sternberg wieder beim Gesandten.
»Chapeau!« sagte Fürst Reizger von Thann. Er war, als bundesdeutscher Staatsbürger, nicht auf der Liste. »Werde Ihr couragiertes Verhalten in der Presse meines Landes zu rühmen wissen!«

Der Konvoi, den Sternberg anführte, bestand aus einem Autobus und sechs Personenkraftwagen. Wegen der Sitz- bzw. Rangordnung gab es Schwierigkeiten, da Österreicher, selbst in Notzeiten, höchstens dann jemanden *über* sich dulden, wenn gleichzeitig andere *unter* ihnen stehen. Die Arbeiter-Samariter weigerten sich, hinter den Maltesern zu fahren und umgekehrt; es mußte etappenweise abgewechselt werden. Die Journalisten wiederum (»Wir vertreten schließlich die öffentliche Meinung!«) fühlten sich gegenüber den Geschäftsleuten (»Lauter Schwarzhändler!«) zurückgesetzt, die Fensterplätze beanspruchten. Still und mit allem einverstanden waren nur die österreichisch-ungarischen Doppelbürger, die zum Teil jahrelang auf ihre Ausreise gewartet hatten und jetzt dem Abschied von ihrer Heimat doch mit einigem Bangen entgegensahen.

Die Reise ging glatt vonstatten, das Propusk tat seine Schuldigkeit. Beim Schlagbaum von Hegyeshalom, der von sowjetischen Soldaten bedient wurde, bekam Sternberg allerdings Herzklopfen. Eines der Kinder besaß keinen Reisepaß und war daher auch auf der von der Kommandantura vidierten Liste nicht verzeichnet. Die Russen befahlen: »Alles aussteigen!« Dann wurde die Identität jedes einzelnen genau überprüft, während zwei Soldaten

mit schußbereiter Maschinenpistole die Fahrzeuge durchsuchten. Glücklicherweise hielt sich der Bub unter einer Sitzbank versteckt, auf der eine Schwangere Platz genommen hatte. Da die Frau bei der Kontrolle nicht aussteigen mußte, blieb der Knabe ungeschoren.
Als der Konvoi die Grenze passierte, standen Pobehal, der neben Sternberg saß, die Tränen in den Augen. »Ade, du Traum vom Pester Kurier!« seufzte er. »Und du, du sagst gar nichts?«
»Jemand (Erich gab den Namen nicht preis) schenkte mir einmal einen Band mit Gedichten von Janos Arany. Eines der Gedichte habe ich mir gemerkt. Und genau danach ist mir zumute:

Ich lege meine Laute nieder,
Stumm ruhe sie in Zukunft hier.
Ich bin nicht mehr, der ich gewesen ...«

In Wien ersuchte Jaro – diese vertrauliche Anrede sei uns nach all dem Geschehenen nun gestattet – um seine Versetzung.
»Kommst du mit deinem Chef schon wieder nicht aus?« fragte ihn der Personalchef, aber durchaus wohlwollend.

»Nein, es ist wegen des Riegler«, antwortete Jaro.
»Ach so, ich verstehe. Du hast Glück: Wir brauchen jemanden für Indonesien. Würde dir das passen?« – Jaro nickte.

Was niemand, nicht einmal Frau Wegenstein, wußte, war der Umstand, daß Riegler, hinter einer Buxbaumhecke versteckt, dem Begräbnis beigewohnt hatte. Er ließ später in seiner Heimatgemeinde für Erzsebet Bertalanffy eine Messe lesen, die der Pfarrer, entsprechend den lokalen Gepflogenheiten, von der Kanzel verkündete: »Sonntag, 15. Dezember, um acht Uhr heilige Messe zum christlichen Gedenken an die Mitschwester Elisabeth, die uns im jugendlichen Alter von 28 Jahren in die Ewigkeit vorausgegangen ist.« So machte auch Riegler die von Erzsis Vater angedeutete Erfahrung, daß der Tod die Widersprüche eines Lebens oder einer menschlichen Beziehung nicht aufhebt. Er ertappte sich sogar bisweilen bei dem Gedanken, daß zwischen ihm und Erzsi ein Zusammenhang von Schuld und Sühne bestehe und ihr früher Tod kein reiner Zufall gewesen sei.
Der Sprung in die Politik gelang Riegler weniger aufgrund der Ochsentour, die sein Onkel

Aichinger von ihm gefordert hatte, sondern vielmehr durch die Heirat mit der Tochter des einflußreichen Bürgermeisters von Eisenstadt. Riegler schwenkte vom Bauernbund zum Arbeiter- und Angestelltenbund, das heißt, er vertrat in Hinkunft mit gleicher Hingabe und Intelligenz die Interessen der in dieser Parteibranche zusammengefaßten Unselbständigen. Etwa ein Jahr nach den tragischen Ereignissen zog Riegler als Abgeordneter des Wahlkreisverbandes Ost in den Nationalrat ein. Er wurde vom Dienst freigestellt und verließ seinen Posten in Budapest, nachdem er die Gesandtschaft eine Zeitlang als Geschäftsträger ad interim geleitet hatte. Sein sehnlichster Wunsch war es, selbst Außenminister zu werden, was ihm eines Tages – dank seiner Tüchtigkeit, seines Fleißes und der geschickten Ausnützung taktischer Vorteile – sicher auch gelingen würde. An die Verwirrungen des Sommers 1956 dachte er mit jener »wilden Schwermut« zurück, die den Menschen, wie Ernst Jünger meint, »bei der Erinnerung an Zeiten des Glücks ergreift«. Riegler war damals zwar nur ein wenig, aber doch aus der Bahn herausgetreten, die ihm vorgezeichnet war, und dieses Heraustreten macht vermutlich, im Gegensatz zu dem, was der Legationsrat Schachinger seinerzeit Erich Sternberg anvertraut hatte, das Wesen des Glückes aus.

Über Jaros Wanderungen wäre zu berichten, daß er tatsächlich nach Djakarta ging. Den Brief, den er in Rossatz zerriß und in die Donau streute, schrieb er ein paar Jahre nach seiner Pensionierung.